欣梦享

ENJOY LIVING

大唐想象力

唐诗中的神仙们

石继航／著

江苏凤凰文艺出版社
JIANGSU PHOENIX LITERATURE AND ART PUBLISHING

图书在版编目（CIP）数据

大唐想象力：唐诗中的神仙们 / 石继航著 . -- 南京：江苏凤凰文艺出版社，2024.2
ISBN 978-7-5594-8083-5

Ⅰ . ①大 … Ⅱ . ①石 … Ⅲ . ①唐诗 – 诗歌研究 Ⅳ . ① I207.227.42

中国国家版本馆 CIP 数据核字 (2023) 第 215125 号

大唐想象力：唐诗中的神仙们

石继航 著

责任编辑 王昕宁
特约编辑 孙一民
装帧设计 莫意闲书装
责任印制 刘 巍
特约监制 杨 琴
出版发行 江苏凤凰文艺出版社
南京市中央路 165 号，邮编：210009
网 址 http://www.jswenyi.com
印 刷 文畅阁印刷有限公司
开 本 710 毫米 ×1000 毫米 1/16
印 张 15
字 数 165 千字
版 次 2024 年 2 月第 1 版
印 次 2024 年 2 月第 1 次印刷
书 号 ISBN 978-7-5594-8083-5
定 价 59.80 元

序

《全唐诗》中
不为人知的神仙们

▲《八十七神仙卷》吴道子传（唐）徐悲鸿纪念馆藏

▶《飞仙图》赵伯驹（南宋）台北故宫博物院藏

日月如轮，碾万物为尘土。时间拥有一双最具魔力的大手。“南风吹山作平地”，就算巍峨如山岳亦湮灭为平川，“鸡鸣风雨海扬尘”，即使浩瀚如大海也巨变为桑田。

没有永久辉煌的帝国，没有万世鼎盛的家族，一切我们都留不住，再强悍无比的人，也会在时间面前屈下膝来。正如《金瓶梅》中所说：“随着你举鼎荡舟的神力，到头来少不得骨软筋麻；由着你铜山金谷的奢华，正好时却又要冰消雪散……”

相传曾狂妄地号令百花在冬日里齐放的武则天，晚年时也诚惶诚恐地派人在嵩山顶上投下赎罪金简，虔诚地向上天祷告：“乞三官九府除武曌罪名。”

佛经中说，就算是修行极高的“天人”，五百岁后，也面临着“天人五衰”的悲哀。可叹这月寒日暖，来煎人寿！“王母桃花千遍红，彭祖巫咸几回死”，又何况尘世中平庸的凡人？

岁月无形，光阴无情，何等无奈！正如李白的诗句所说：“白日何短短，百年苦易满。苍穹浩茫茫，万劫太极长。麻姑垂两鬓，一半已成霜。”

◀《麻姑仙像图》马和之（南宋）台北故宫博物院藏

也许是出于对湮灭无存的恐惧，自古以来人们就在思考生命是否有另外两种形式——“神仙”和“鬼魂”。神鬼之事，孔夫子避而不言，称“未知生，焉知死？”所以就算是在古籍中，也是归于野史逸闻之类的。

在蕴藏着无数诗歌瑰宝的《全唐诗》中，神、仙、鬼、怪、僧、道之类的诗作被放在最后，还不如女子们的诗卷更靠前。可见也是被打入“又副册”了。而我们现在流行的诸多唐诗选本中，更是不选这类被人目为“荒诞无稽”并带有“封建迷信”色彩的诗作。

▶《八仙庆寿图》钱慧安（清）台北故宫博物院藏

▲《群仙祝寿图》（局部）任熊（清）

然而，《全唐诗》尾卷中的这些诗还是值得我们品味的，神仙鬼怪，或云虚妄，但其中折射出人们的幻想和渴望。

早在庄子的笔下，就出现了这样的形象："藐姑射之山，有神人居焉，肌肤若冰雪，绰约若处子，不食五谷，吸风饮露。乘云气，御飞龙，而游乎四海之外……"生性浪漫多情的唐代人，更是创造了许多传奇的故事，塑造出不少拂云醉月、餐霞饮露的神仙形象。这些神仙诗，就算并非真是仙人所写的，但带着缕缕清风，浩浩云气间那种逍遥自在之真趣。

“笑看沧海欲成尘，王母花前别众真”，这是女仙戚逍遥云中留语；“九天日月移朝暮，万里山川换古今”，这是丑仙马湘山巅所题；吕洞宾先生抚须而吟，“三千里外无家客，七百年来云水身”；韩湘子笛中留音“他时定是飞升去，冲破秋空一点青”；蓝采和拍板踏歌：“红颜三春树，流年一掷梭……”

乘云车，驾白鹿，食碧藕，饮琼浆，这些诗句带给我们的是一个纯洁美好的神仙世界。就算我们只能仰望羡慕，就算这些全是我们心中的幻象，然而，请允许我们保留一点精神寄托，来自我安慰吧。

有趣的是，《全唐诗》中的不少神仙诗，尤其是女仙的诗，充满了人情味。她们和人间的书生相酬相和，以诗传情，风韵十足。位列紫极，尊贵无比的上元夫人、后土夫人，以及织女、许飞琼等女仙，都和人间的书生或美少年有着情爱因缘。上元夫人留诗道：“为爱君心能洁白，愿操箕帚奉屏帏。”织女也说：“佳期情在此，只是断人肠。”这其中没有半点冷傲高贵的“神仙性格”，简直就如同凡间女子的温婉口吻。

“姑妄言之姑听之，瓜棚豆架雨如丝。”如果将诗人所写的这些神仙鬼怪的诗句全都信以为真，则不免太过呆笨了。神鬼之说，实为虚妄。然而，据此将《全唐诗》尾卷的这些诗句打入冷宫，束之高阁，任其尘封虫蠹，也是一件很可惜的事情。

现在不少人都喜欢收藏古董，古董之所以可贵，并非因为它现在的使用价值，而是由于它上面所凝聚着的厚重历史痕迹。正因如此，才像谜一样吸引着我们去探究和品味，让我们如痴如醉。《全唐诗》中的这些仙鬼之诗，当然说不上能如李白、杜甫等人的诗作那样字字珠玑，在艺术上炉火纯青，但其中同样也凝集沉淀了唐代的历史和文化。

武侠故事或者悬疑小说中，常有这样一种情节，在幽深晦暗的地道中，突然打开一座神秘诡异的暗室，其中藏着许多不为人知的秘密。这样的事情让人既紧张又兴奋。翻开《全唐诗》尾卷中的这些神鬼仙道的诗篇，我就有一种这样的感觉。

神秘而旷邃的境界，可以包笼天地、役使造化，这是唐代的先人给我们留下来的诗句密码，它经历了千年的时光，依然沉默在《全唐诗》的暗黄书页中。让我们秉起烛光，照亮其中的斑斓瑰丽、幽冷飘忽……

目录

卷一 人设“崩塌”

卷二 神仙也要拼学历？

卷二 果然艺术源于生活高于生活

附 漫话中国神仙谱

卷一

人设“崩塌”

——仙女们不为人知的另一面

◀《阆苑女仙图》（局部）阮郜（五代十国）故宫博物院藏

我国的“神仙系统”很有中国特色。其他国家的教派，有的宣称真神只有一个，有的劝诫人们老老实实地低下脑袋检讨自己的“原罪”，就算能上天堂也是咽气之后的事啦！但中国土生土长的道教并不如此，说来道教很有**“进取精神”，**讲究“神仙是人做，修炼不辞劳，吃得苦中苦，正果就修到”，**天宫的大门常为有志者敞开，列仙众神宁有种乎？**

人们常说古代重男轻女、男尊女卑的思想非常严重，但相传修仙之途，恰恰相反。说是女子修仙比男人还事半功倍，有“女子修一年顶男人五年”之说。仔细想想，倒也有可能，要不怎么不挥刀自宫就练不成葵花宝典呢？

好了，不乱扯了，传说中的女仙形象实在是令人羡慕，比如杜光庭专写女仙的《墉城集仙录》中就说很多女仙“年二百八十岁，颜如桃花，口如含丹，肌肤充泽，眉鬓如画，光彩射人，视之如十七八者”。

即使我们保养得当，也不可能六十岁时还如少女一般，容颜俏丽，可女仙们二百八十岁，还青春永驻十七八，人家不是天仙谁是天仙？

▶《神仙故事图册》冷枚（清）大英博物馆藏

《太平广记》中有一则故事很有趣：说是汉朝时有使者行经西河这样一个地方，在城东看到一个少女正在打一个老翁。这个老翁头白如雪，已是古稀之年，却跪在地上恭恭敬敬地接受杖打。使者大为惊奇，于是诘问为何此处有这等风俗。没想到少女答道："这老头是我儿子。我的舅舅伯山甫精通神仙之道，隐居在华山中。他可怜我多病，就拿仙药给我，于是我青春永驻。可我这个儿子，不肯学仙，于是成了这般老朽的模样，我生他的气，所以才杖打他。"使者问女子和儿子年龄各多少，女子回答说："我一百三十岁，儿子七十一岁。"

"华岳无三尽，东瀛仅一杯。入云骑彩凤，歌舞上蓬莱。"高峻的山、广袤的海，都显得渺不足道，时间的消磨、山海的沧桑都付与那不经意的拈花一笑。这样的情怀，这样的梦境，多么令人神往。

一 ｜ 上元夫人

——都说了“长生”不能强求

▲《群仙祝寿图》（局部）任熊（清）

在众女仙中，除了母亲辈的圣母元君（老子的母亲）和金母元君（即西王母，也就是民间说的王母娘娘），地位最高的就是上元夫人了。上元夫人在众女仙中地位尊崇至极，她"统领十万玉女名箓"，简直就是**女仙系统中的首席执行官，有"一仙之下，万仙之上"的架势。**

让我们通过《全唐诗》中的几首诗，来看一下上元夫人的故事。

上元谁夫人，偏得王母娇
——《汉武帝内传》中的故事

我们先看李白笔下的上元夫人：

上元夫人
李白

上元谁夫人，偏得王母娇。嵯峨三角髻，馀发散垂腰。
裘披青毛锦，身著赤霜袍。手提嬴女儿，闲与凤吹箫。
眉语两自笑，忽然随风飘。

李白这首诗中所写的上元夫人形象，完全来自《汉武帝内传》一书。此书据考证说成于魏晋年间，唐代诗人大多都读过，李商隐诗中也引用过其中的故事。《墉城集仙录》中介绍上元夫人时也袭用了这本书的描写。

书中说汉武帝刘彻喜好神仙之术，终于感动了上天。当时汉武帝正在承华殿中闲坐，猛然看见一个非常美丽的青衣女子，自我介绍说是天宫的玉女王子登，是西王母从昆仑山派来的。让他静心斋戒，等候王母降临。

汉武帝于是吃素祈祷，把政务委派给臣子们处理，又在大殿上铺了紫色丝罗的地毯，燃起了百合薰香，挂起了云锦的帏帐，点起了光芒四射的灯烛，摆上了玉门进贡的甜枣，斟好了西域的葡萄酒，还陈设了当时宫中最上等的哈密瓜（这些就仿佛我们现在的进口货），来接待天宫神仙。

到了二更时分，西南天空云滚如涛，并传来箫鼓丝竹之声。半顿饭的工夫，西王母到了，随行群仙如鸟群一样纷纷而来。他们“或驾龙虎，或乘白麟，或乘白鹤，或乘轩车，或乘天马”，一时间“群仙数千，光耀庭宇”。看得汉武帝目瞪口呆。

◀《神仙故事图册》冷枚（清）大英博物馆藏

《汉武帝内传》中描写的王母娘娘的形象是这样的:“著黄金褡襡,文采鲜明,光仪淑穆。带灵飞大绶,腰佩分景之剑,头上太华髻,戴太真晨婴之冠,履玄璚凤文之舄。视之可年三十许,修短得中,天姿掩蔼,容颜绝世,真灵人也。”

也就是说王母身穿黄金披肩,系“灵飞绶带”,腰间佩有名为“分景”的宝剑,头上梳着太华山形状的高发髻,戴着名为“太真晨婴”的帽子,脚上穿着黑玉凤纹鞋。看样子如同三十岁左右,不高不矮(增一分则太高,减一分则太矮,标准得不能再标准),容颜美丽绝伦。

接下来王母当然也没有吃汉武帝准备的什么玉门枣、哈密瓜之类的,有些国家的总统访问异国还带自己的厨子呢,王母当然自带“天厨”,顺便让尘世中的“土包子”——汉武帝吃了颗仙桃,开了下“天荤”。

但说起来修仙求寿这回事,最热心的是帝王们,因为他们什么都享受过了,“奋斗”目标就只有“长生不老”了,但难度最大的也是帝王。山野之人,眼中无非青山绿水、闲花啼鸟,每日打打柴、种种田,过着无比单纯的日子。而身为帝王,美酒美女当前,权欲杀罚于心,哪里能稳住神、安下心来?《道德经》云:“不见可欲,使民心不乱。”帝王们每天面对着种种诱惑,他们又不是“特殊材料”做成的,焉有心不乱之理?

王母其实也知道汉武帝凡胎浊心,根本不是求仙的料,但人家汉武帝诚心虔意十足,也不好拒绝。王母不愿在臭浊的人间多待,于是她派侍女郭密香去请上元夫人来帮个忙。看来王母娘娘倒很像领导的派头,总是“享受在前,吃苦推后”,脏活累活都往下派。

不过王母让侍女转告上元夫人的话说得很客气,像什么“夫人可暂来否？若能屈驾，当停相须”，都像是说给平辈的朋友的。所以有些地方说上元夫人是王母娘娘的女儿或弟子，从这里看都不大像。

上元夫人出场时情形是这样的：先听见云中有箫鼓作响的天乐，接着到来的是上元夫人的一千多名青衣侍从，全是十八九岁秀美无比的仙女，上元夫人看上去像二十多岁的女子，容貌更是惊艳绝伦，也穿着青袍，上绣着五彩祥云，袍子光艳夺目，不知是何料子，绝非人间的绸缎可比。

上元夫人头上挽着三角髻（参看梅兰芳所演的《上元夫人》剧照，头上就梳着高高的三角髻），长长的秀发披散在腰边，头戴九云夜光冠，佩戴着在火中烧炼过六次的玉珪，玉珪上垂着编成凤纹花样的绶带，腰里挂着黄褐色用来指挥神灵的宝剑。

上元夫人来了后，王母要求把**“十二部真经”**都传给刘彻，上元夫人不同意，她觉得刘彻根本不配学仙。并说这部真经四千年才能传授一次，而且只能传授给女子，不能传授给男子。王母大概觉得上元夫人驳了她的面子，有些恼怒，于是就软硬兼施，恐吓说上元夫人已经泄露了天机，反正好说歹说还是劝上元夫人把真经传给了刘彻。真经装在玉石的封套中，包着兰茧的锦绸，用紫罗素带扎着，并盖有太帝的玉玺大印。

然后，上元夫人和王母乘上云车，在侍从、龙虎们的护卫下飞向西南的天空，彩云灿没，天乐飘飘，不一会就远得看不见了，只留下余香袅袅。

刘彻虽然受了天书，将之套上玉封，以珊瑚为画轴，紫缎为书套，装入金箱后安放在柏梁台上。但他根本没有毅力照天书中的教导去修持，没几天就故态复萌，多淫多杀，暴戾如昔。于是天火焚烧了供奉真经的柏梁台，刘彻求仙宣告彻底失败。

通过上述的故事，我觉得上元夫人在群仙之中地位那是相当高，不但年轻美丽（王母如三十多岁的女人，上元夫人看起来只有二十多岁），而且通过她能预见刘彻修仙终不可成，就证明其智慧和见识不在王母之下。

关于前面李白那首诗，研究专家安旗先生认为：诗中的王母、上元喻指杨贵妃与其姊虢国夫人，嬴女儿则喻指武惠妃之女太华公主。整首诗写杨氏家族为了巩固受宠地位，以联姻为手段，促成杨贵妃堂弟杨锜与太花公主的婚事[1]。安旗先生觉得，此诗中含有讽刺杨家以婚姻作为政治交易的意思。

但我觉得，这些解释未免有把简单的问题想复杂了之嫌。对于一生好道，甚至“全家总动员”来求仙访道（有诗为证：“拙妻好乘鸾，娇女爱飞鹤。提携访神仙，从此炼金药”）的李白来说，写此诗时，大

▶《绣线瑶池上寿图轴》（清）台北故宫博物院藏

1《李太白别传》104 页。

概心中充溢着景仰之情，就算李白一贯狂傲，也难说敢连上元夫人都妄加编派。

谪居蓬岛别瑶池，春媚烟花有所思
——单相思的尴尬

继续搜寻《全唐诗》中有关上元夫人的踪影，还有下面三首托名为上元夫人所做的诗句，其中包含着一个温情款款的故事：

这三首诗来自唐代传奇中的一则故事：唐敬宗时，少室山下住着一位名叫封陟的书生，这人长得丰神俊朗，品性也好——“貌态洁朗，性颇贞端”。学习也十分刻苦，经常熬到深夜才睡——“探义而星归腐草，阅经而月坠幽窗”。堪称品学兼优的三好学生。

这天夜里，封陟又正在刻苦学习，天上飘下异香，接着云间飞过来一辆车，越来越近，轮子都快抵到封陟房子的屋檐上了，想来有点直升飞机单点半空悬停的感觉。在众多侍从的簇拥下，车中出来一位仙女，用文中所说的词儿就是“玉佩敲磬，罗裙曳云，体欺皓雪之容光，脸夺芙蕖之艳冶”。肤如冰雪，面如芙蓉的她对封陟说：

某籍本上仙，谪居下界，或游人间五岳，或止海面三峰。月到瑶阶，愁莫听其凤管；虫吟粉壁，恨不寐于鸳衾。燕浪语而徘徊，鸾虚歌而缥缈。宝瑟休泛，虬觥懒斟。红杏艳枝，激含颦于绮殿；碧桃芳萼，引凝睇于琼楼。既厌晓妆，渐融春思。伏见郎君坤仪俊洁，襟量端明，学聚流萤，文含隐豹。所以慕其真朴，爱以孤标，特谒光容，愿持箕帚，又不知郎君雅旨如何？

这段话说得十分文雅，实际上是相当大胆泼辣的。剥离开华美的辞藻，仙女这番话的意思，尤其是点题的这几句“爱以孤标，特谒光容，愿持箕帚”，其实和现代女孩们所唱的“ring a ling 叮咚，请你听听我的表白；ring a ling 叮咚，我想和你谈恋爱……”没多大区别。

然而，封陟非但不解风情，还点亮了烛光说：“我是清洁方正之人，秉承前辈圣人的宗旨，苦读经书，甘贫乐道，就算盖的是麻布吃的是粗粮，烧的是野蒿尝的是野菜，也不敢胡来，希望您还是及早回车走吧。”

仙女听了，倒也没生气，对他说：“我们初次会面，确实了解不多，一时也难以让你知道我诚恳的心意，先留诗一首，七日后我再来。”于是就留下这样一首诗：

赠封陟

上元夫人

谪居蓬岛别瑶池，春媚烟花有所思。
为爱君心能洁白，愿操箕帚奉屏帏。

七天后，“丽容洁服，艳媚巧言”的仙女又如期而至，这次仙女降尊纡贵，直接下了车，走入封陟的屋子。说了一大篇诸如“恨起红茵，愁生翠被。难窥舞蝶于芳草，每妒流莺于绮丛”之类的话，向他表达了爱慕之情。封陟是读书人，当然知道仙女的意思，但他依旧非常生硬地阻绝了仙女。仙女再留第二首诗来劝解他，并说七天后还会来：

◀《人物故事册》（吹箫引凤局部）仇英（明）故宫博物院藏

再赠

上元夫人

弄玉有夫皆得道，刘纲兼室尽登仙。
君能仔细窥朝露，须逐云车拜洞天。

我们看这首诗中所说的“弄玉有夫”“刘纲兼室”，都是来说明求仙未必就要禁绝情欲。弄玉相传是秦穆公之女，和夫君萧史一起飞升成仙，这是著名的“吹箫引凤”的故事。

而刘纲是东汉时人，他和妻子樊云翘一起在山中修道，没事了还相互斗法玩。刘纲拿来一只空盘，吹一口气，就变出条鲤鱼；而樊夫人吐一口气，变出一只水獭，一张口就把鱼给吞食了。这些很类似于孙悟空和二郎神斗法时的游戏，每次都是樊夫人占上风。最后，刘纲和樊夫人双双成仙，相传向天上飞去时，刘纲爬到一棵数丈高的树上，借了风力才升天而去。而人家樊云翘平坐在地上，底下生出彩云，把她轻飘飘地托上天去。

话回正题，仙女讲这个故事，就是劝封陟不要太死脑筋了，并非只有灭尽人欲，才得以存“天理”、成正果。

又过了一星期，仙女又来了，这真诚劲儿实在不亚于三顾茅庐的刘备。然而，**刘备第三次“访问”终于感动了诸葛亮，而“态柔容冶，靓衣明眸”的仙女依然没有打动封陟那颗不解风情的心。**

仙女对封陟说：“逝波难驻，西日易颓，花木不停，薤露非久……虚争意气，能得几时？”意思是说，人生几何，忽然而来，忽然而去，何必那样固执呢？又许诺他说：“我有还丹，颇能驻命，许其依托，必写襟怀，能遣君寿例三松，瞳方两目，仙山灵府，任意追游。”

汉武帝那样百般恳祈却不可得的升仙之道，如今仙女一口承诺给了封陟，并继续劝他说：“莫种槿花，使朝晨而骋艳；休敲石火，尚昏黑而流光。”俗世中所谓的一时荣耀有什么值得留恋的，就像朝开暮落的木槿花，黑夜中石块敲击出的火花一样，美丽一瞬间。

谁知面对如此大的诱惑，封陟依旧无动于衷，还将仙女视为妖精，发怒道：“我一个书生，一向以坐怀不乱的柳下惠做榜样。你是何妖精，百般骚扰我？我心如铁石，你不用再纠缠了，别让我口出恶言羞辱你。”

仙女手下的侍者先看不过去了，气愤地说：“小娘子坐车回去吧，这种木偶一样的呆人，不值得多说，不配做神仙之偶。”仙女长叹一声说：“我之所以诚恳访他，因为他是青牛道士的后裔，这个时机一失，我又要旷居六百年！唉，此人心太狠。”

于是临别时，又留下最后这首诗：

留别

上元夫人

萧郎不顾凤楼人，云涩回车泪脸新。
愁想蓬瀛归去路，难窥旧苑碧桃春。

诗中将封陟喻为“萧郎”，依旧充满了留恋缠绵之意。而封陟望着仙女的车子消失在云中，箫笙之声渐杳，却一点也没有动心。

◀《神仙故事图册》冷枚（清）大英博物馆藏

三年后，封陟得病而死。他被牛头马面用人锁链拴住，一路踢打着向地府押去，忽然遇到一队神仙，金甲武士在前面很威武地清道开路，鬼卒吓得纷纷躲避，躬身立到路旁说："上元夫人游太山了。"不一会儿，上元夫人的车驾到了，封陟偷眼一看，原来上元夫人正是当日三次向他求爱的仙女，当下悲叹后悔不已。

这时候，上元夫人也看到了他，命鬼卒放了他，又多给他十二年的阳寿。封陟苏醒之后，想起往事，终日痛悔不已，也许《大话西游》中那段话送给他是再合适不过了："曾经有一份真挚的爱情摆在我的面前，我没有好好珍惜，等到失去的时候才后悔莫及。人世间最痛苦的事莫过于此……"可想而知，封陟在世上多活的这十二年，也没有多少快乐可言，除了悔恨交加，他还能做什么？

正所谓"故事里的事，说是就是，不是也是"，神仙之事，缥缈难言。上元夫人和封陟这段传奇其实正是反映了唐代的思想和风气。在唐代，有不少如故事中"上元夫人"一般尊贵的女人，如武则天、太平公主、玉真公主等，好多男人要靠她们才能发达。而故事中，给封陟安排一个追悔十二年的下场，无疑是鄙夷那些带有呆腐之气的儒生，赞许的却是："敢爱敢做的人超级精彩。"

当然，从另一方面说，上元夫人作为天神中的"高层领导"，居然被下界中的穷书生叱为妖怪，不免郁闷得很，甚至严重怀疑自己的魅力指数不够。然而，没有最"囧"，只有更"囧"。唐传奇中的太阴夫人，更加丢面子。

要说太阴夫人也是神仙"领导班子"中的一员，居然看上的是唐代奸相卢杞。这卢杞当时还是个穷书生，这倒不是问题，神仙们点石成金，什么珍宝没有？但卢杞这厮长得也寒碜啊，史载其尊容是"鬼貌蓝色"，不知怎么太阴夫人竟然看中了他。

卢杞后来被带到太阴夫人居住的“水晶宫”（这名不好，容易联想到“水晶棺”），太阴夫人出了一道“单选题”，指出了三条路：

A. 留下来和我喜结仙缘，可以长生不老，与天同寿；

B. 回去做地上的神仙，虽然住在人间，但能常到这里来，还有机会和我见面；

C. 去当人间的宰相，但是却永远见不到我了。

以上三选一，让卢杞拿主意。

其实，看这三条，太阴夫人本意是很想挽留卢杞的，答案设计中给了他很大的余地，她怕卢杞永远留在天宫嫌闷，也没有自由空间，于是就给他设定了第二项方案——既能做地上的神仙，逍遥快活，还能不时来天宫看看太阴夫人，按说是非常体贴，相当人性化的方案了。

不想卢杞斩钉截铁般地大叫：“做人间的宰相！”太阴夫人听了，险些被气晕！为了离开她，与天同寿长生不老不要、地上的逍遥神仙不做，难道我有这样可怕和讨厌吗？太阴夫人气得马上命人把卢杞送回他的破草屋。

然而，神仙大概是一诺千金，卢杞后来还是当上了人间的宰相，不过却是唐德宗时著名的奸相，在史册中留下臭臭的一笔。这或许也是太阴夫人的安排？

其实，仙女被拒的事例倒还不少，《全唐诗》中还有关于嵩山仙女所留的诗。

二 | 嵩山仙女

——小仙女怎么成“妖怪”了呢!

▲《摹阮郜女仙图卷》(局部)顾铨(清)台北故宫博物院藏

书任生案

嵩山女

我本籍上清，谪居游五岳。以君无俗累，来劝神仙学。
葛洪还有妇，王母亦有夫。神仙尽灵匹，君意合何如。

这一则故事说，有个姓任的书生在嵩山独自夜读，夜半时分，添香的红袖来了。一个仙女，年貌如二十许，还跟着两个青衣丫鬟揭帘而入，留下了上面这首五言诗。

诗中意思是说：我本是上界位列仙籍的神仙，现在因故贬于人间游历。因为觉得你无尘俗之累，所以来劝你一起修炼神仙之术，我们做一对神仙眷属如何？

仙女怕任生不信，又说她和任生冥数里就注定有姻缘，故愿结连理，共效于飞。

面对"天下掉下来的林妹妹"，任生却怀疑人家是妖怪，连叱带骂地轰人家出去。都说"男追女，隔层山；女追男，隔层纱"，到仙女们这里怎么就这样困难了？反观《聊斋志异》中那些真正的花妖鬼狐，男人们却很少有拒之门外的。

仙女好没面子，只好悻悻地飞走了，临走时又留下了这样一首诗：

临去书赠

嵩山女

君子既执迷，无由达情素。明月海山上，秋风独归去。

“明月海山上，秋风独归去”，何等的孤单寂寞！看来身为仙女，也有诸多的不如意，有道是“嫦娥应悔偷灵药，碧海青天夜夜心”，有了不老的青春，有了四海遨游的本领，却难以寻到一个相偎相伴的知己。

数月之后，这个任生得了重病，看样子快没救了，这天他做了一个梦，梦见那个仙女对他说：“薄命汉，你寿数已尽了，但是念在认识你一场，再给你三年阳寿吧。”

果然，任生的病好了，不过他依旧没活到第四年。**仙女给了他这三年，我觉得和上元夫人给了封陟十二年一样，都是让他们用来后悔的。**

虽然有不少仙女“倒追”失败的例子，但也不乏成功的案例，其实在唐代，的确有一段时间，女性的地位比较高，尤其在初唐。这倒比较像现在，女性独立意识越来越强，各行各业都有女性靓丽的身影。

《全唐诗》背后所包含的唐代故事中，被仙女看上的男生也有不少，下面我们就看这样几例。

三 | 后土夫人

——神仙也有婆媳问题！

▲《永乐宫 三清壁画朝元图》佚名（元）

在道教中，后土夫人也是一位地位非常尊贵的女仙，她掌管阴阳生育、万物之美与大地山河之秀，也叫“后土皇地祉”。俗称“后土娘娘”“后土夫人”。

有人写文章时，误将后土夫人当成土地奶奶，大谬！土地爷本领低微，在神仙系统中相当于乡镇干部一样的角色，在《西游记》里经常被强悍的妖怪欺负得敢怒不敢言，土地奶奶更没有什么分量可言。而后土夫人是四御之一，地位可非同小可。什么是四御？容我慢慢道来。

民间中一提道教中最高的领导就是玉皇大帝，其实玉帝是世俗化的一个神仙符号，而正统道教中最高层的神仙有三位（避免个人独裁吗？），称为“三清”，分别是——玉清元始天尊、上清灵宝天尊、太清道德天尊（太上老君），而在这“道教最高三人团”以下，就是“四御”——四个分管各种具体事物的神仙，好比四位辅政大臣。有时也称“三清四帝”。

这“四御”分别是玉皇大帝、北极紫微大帝、勾陈上宫天皇上帝、承天效法后土皇地祇。而这位“承天效法后土皇地祇”，就是我们所说的后土夫人。虽然在“四御”中后土夫人位居末座，但也相当了不起了。

重庆著名的大足石刻有一个三圣母龛，主像就是后土夫人，她端坐于龙头靠椅上，头戴凤冠，身着华服，膝间有金圈，双手拱于胸前捧物，在其上方悬有八角形宝盖，上刻“注生后土圣母”。

等闲贪赏不归去，愁杀韦郎一觉眠

《全唐诗》第八六三卷有这样一首诗，是关于后土夫人的：

◀《朝元仙仗图》(局部) 武宗元(北宋) 私人藏

后土夫人

偶引群仙到世间，熏风殿里醉华筵。

等闲贪赏不归去，愁杀韦郎一觉眠。

这首诗取材于晚唐诗人张泌所写的《韦安道传》，张泌是晚唐时一个多情才子，他有诗云："别梦依稀到谢家，小廊回合曲阑斜。多情只有春庭月，犹为离人照落花。"其中的深情令千百年来的读者无不动容。

这篇《韦安道传》(又称《后土夫人传》)，故事是这样的：

武则天在位时期，京城中有个叫韦安道的少年，考了好几年进士，一直落榜。这天的清早，他骑马出门，看见街上有大队兵马组成的仪仗队，前面有甲兵几十队，接着又有衣袍鲜明的官员侍从数十人，宫女宦官们好几百人，声势很是惊人。

韦安道暗暗诧异，观察黄盖车边的旗子，只有月旗而没有日旗。就猜测为皇后武则天的仪仗。只见飞伞下有一女子穿着镶着翠珠的衣服，生得“美丽光艳，其容动人”。后面一些骑马的人，全是嫔妃和女官，举着长钺，肩挎绣弓，大约有上千人。

韦安道断定为武则天带人巡游，但询问身边的路人，别人都说没看见什么。这时，一个宦官模样的人骑马从后面赶来，到了韦安道身边，指点他说：“你顺着慈惠里（长安的一个街区）的西门进去，顺着墙根向南行一百多步，就会看到一座朝西的红门。”

韦安道依言去了，门中出来一红袍官儿相迎，对他说：“你就是韦安道吧？后土夫人等你好久了。”随即请他进去。

韦安道战战兢兢地进去后，马上有人侍候他沐浴更衣，然后七绕八绕，来到一座大城，这里无数甲兵持戈把守，甚是威严肃穆。经过几道岗哨，几重院落后，才来到一座内殿，殿上摆下了美酒盛宴——“广筵重乐，罗列罇俎。九奏万舞，若钧天之乐……”有十几个美女，像公主贵妃一样美丽高贵，却侍立在筵席两侧。

过了一会，宦官让韦安道恭敬地朝东站好。又等了一小会儿，从大殿的后门走出一群侍从，恭立在殿中。这时才听见隐隐的珮玉声响，一位端庄娴雅，美丽不可方物的女人走了出来，韦安道见她的衣饰和庙里拜谒时见到的神像一样，越发惊异。

这时宫监唱念道：“后土夫人按天数应当和韦安道成婚！”也不由分说，就让韦安道和后土夫人行了夫妻成婚之礼。韦安道和后土夫人结为夫妻，住了十多天，韦安道好吃好穿，竟如在帝王家中一般，大有“此间乐，不思蜀”之意。

这天，后土夫人对韦安道说：“我愿意跟你一块拜见一下公婆。”韦安道这才想起离家已经好久了。后土夫人和韦安道来到洛阳城，韦安道先回家禀告，他的父母惊愕不已，正要详细盘问，后土夫人的车马也到了。几十个侍婢及太监从正门外铺进来绣着花草的丝席，一直铺到庭前，并且川流不息地搬来翡翠屏风、长轴画卷、轻绡帷帐等布置于堂上，又在门外安放了两个锦绣的屏风，遮了风尘和外人视线。后土夫人穿了礼服，垂着珮玉款款而入，拜见了公婆。

然后，后土夫人又献上十几箱绿玉黄金、绫罗绸缎，韦安道的兄弟姐妹及家人，也各有礼物。后土夫人和韦安道住在东院，随行而来的侍从婢女们忙清扫布置一番。韦安道的父母摸不着这位儿媳的来头，惶恐不已。

韦安道的老爹韦真任朝中的起居舍人一职，他禀告了武则天，武则天以为是妖怪，于是派九思、怀素两位神僧去除妖。这两位和尚一开始还说大话："这不过是深山中的树怪或狐精之类，不足为奇，略施小术，即可除之。"然而，两位僧人正要施展法术，仿佛脑后突然挨了一闷棍，趴在地上连连求饶，眼角和鼻孔都流出血来。

武则天得知后，又派了据说会太一异术，连天地间各位神仙都能制服的明崇俨去降妖。明崇俨施展法术，只见一片红云，飞向后土夫人住的屋顶。然而，此后就如泥牛入海一般，立刻湮灭无声。第二夜明崇俨又施法术，一条赤龙张牙舞爪地喷着毒气，驾着黑云飞去，但到了屋顶又仿佛被什么东西扑了一下，"呦呦"惨叫几声，化成轻烟散了。第三天半夜，明崇俨又唤出一个怪物，长着红头发和锯齿般的牙，坐在铁轮上，飞过去挑战，结果"轮子怪"刚到屋顶，就连呼"有罪有罪"，接着戛然一声就销声匿迹了。

明崇俨黔驴技穷，要求亲自面见这位韦家儿媳。结果一见面，明崇俨也和那两个和尚一样，后脑似乎被打了一下，眼角和鼻孔溅出鲜血来，昏倒于地。老公爹韦真吓坏了，他和老伴商量来商量去，觉得硬来是不成了，于是劝儿子韦安道向后土夫人解说自己的难处，让后土夫人主动离开他们家。

韦安道不敢违抗父母之命，于是委婉地表达了想要后土夫人离开的意思。后土夫人虽然斗得过各种法术和怪物，但面对公婆的“阴招”也无法可想。于是她泪流满面，只好决心和韦安道分手了。

后土夫人向公婆告辞时说：“我一个新婚女子，不敢独自回去，希望韦郎能送我回去。”韦真听她要走，当下十分高兴，满口答应。

后土夫人和韦安道回到原来住的宫殿，坐在大殿之上，一个自称是大罗天女的前来朝拜。韦安道偷眼一看，吃惊非小，原来来人正是女皇武则天。后土夫人对武则天说：“我和你治下一个叫韦安道的人结为夫妻，虽然缘分已尽，但不能对他无情。这个人本来是命苦短寿的。如果我住在他的家中，可以给他三百年的阳寿，并令他升至三品官。可他父母逼迫我们分开，所以做不到了。但拜托你给他五百万钱，再给他个五品官吧。也不要给太高，官职太高了他难以承受，韦安道本来就命薄啊！”

韦安道和后土夫人分手后，回到洛阳，刚进建春门，就听见金吾大将传令说：“天后派人在洛阳城里寻访韦安道，已经快一个月了。”韦安道急忙进宫拜谒武则天。武则天说她做了个梦，后土夫人托付她如此如此。于是任命韦安道为魏王府长史，赐赏五百万钱。然而，韦安道的寿命却没有办法延长了，武周年间，韦安道就死于长史任上。

通过“上元夫人”和“后土夫人”的故事，**不免可以体味到唐代的风气确实和后来不同。唐代的女仙们不但热情大胆，而且相当强势。**

相当多的民间故事中，仙狐等异类和人恋爱，往往倍受打击。天仙类如织女、三圣母都是犯了天条，被天神们追罚罪责，白娘子之类的精怪，更是被法海之类的卫道者欺负镇压。

而唐代女仙们不是这样，她们的地位尊崇无比，这应该是和唐代时很多公主、后妃、贵妇的地位极高相关的。

四 | 天台二仙女

—— 人一生不能两次踏进同一条河流

▲《刘晨阮肇入天台山图》（局部）赵苍云（元）

“刘阮入天台”“天台桃源”之类的典故，在旧诗文中经常提到，像《西厢记》中，张生“坏坏地”将莺莺小姐抱入帐中时，就来上这么一段：“我这里软玉温香抱满怀。呀，阮肇到天台。春至人间花弄色，将柳腰款摆，花心轻拆，露滴牡丹开……”

《全唐诗》中写此事的诗也不少，但最为详细的是曹唐写的这五首，这些诗写得非常详细，将原本出于《幽明录》（刘义庆著）的故事，用诗的语言复述了一遍：

一

【刘晨阮肇游天台】

曹唐

树入天台石路新，云和草静迥无尘。
烟霞不省生前事，水木空疑梦后身。
往往鸡鸣岩下月，时时犬吠洞中春。
不知此地归何处，须就桃源问主人。

▶《刘晨阮肇入天台山图》（局部）赵苍云（元）

据《幽明录》中所说，汉明帝永平五年（62 年），剡县（现浙江嵊州市）名叫刘晨、阮肇的两个年轻人，一起到天台山中去采楮树的皮，这种树皮抽出纤维来可以织布。结果走来走去，就迷了路。在山中转了整整十三天，带的干粮都吃光了，饿得眼发蓝，几乎快死掉了。幸好后来看到山顶有一棵大桃树，上面结了不少的桃子，二人攀着葛藤爬上去，吃了几个桃子，就觉体健腹饱，精神头也十足了。

接下来，刘、阮二人又在溪水中发现了一个木杯，里面盛着胡麻（芝麻）饭，他们一合计，既然有饭，肯定上游有人家，于是就沿着溪水向上走，来到溪水的尽头，果然见到了两位“姿质妙绝”的美女。她们笑着对他们说：“刘、阮二郎，你们把我们丢掉的杯子找来啦。”

这就是刘、阮二人得见仙女的过程，曹唐的第一首诗，写的就是以上的意思，只不过诗中说得有点抽象和空泛。当然，在唐代，人们对这个故事都是非常熟悉的，诗中也用不着太过仔细描述。

二

【刘阮洞中遇仙子】

曹唐

天和树色霭苍苍，霞重岚深路渺茫。
云实满山无鸟雀，水声沿涧有笙簧。
碧沙洞里乾坤别，红树枝前日月长。
愿得花间有人出，免令仙犬吠刘郎。

这一段诗，讲的就是两位仙女遇到刘晨、阮肇之后的情景了。据

《幽明录》中说，两位仙女将刘、阮二人领到家中，仙女的房子铺着铜瓦（才是铜瓦，而不是金瓦，看来仙女也不算太奢侈），室内各有一座大床，都垂着绛罗纱帐，帐角悬着金铃，很是雍容华贵，床头各有十个丫鬟在侍立。

仙女吩咐丫鬟说：“刘、阮二郎，跋山涉水而来，虽然吃了仙桃，但腹中还是有些饥饿，抓紧做饭来。”不一会儿，“胡麻饭、山羊脯、牛肉”这几样饭菜（这仙女的饭菜也不是太珍异）就端上来了，很是可口。

刘、阮二人和两个仙女于是一起饮酒作乐，玩得很开心。

就这样，刘、阮二人在仙女的家中过了十来天，就想告辞回家，仙女说：“你们能来到这里，是前世的宿缘所牵，为什么要急于离开呢？”

看来仙家说理，动不动就是“宿因”，这理由真的很好，而且作为凡人，哪里懂得前因后果，更不敢说出什么二话来。“话语权”完全掌握在仙女们那里。于是刘、阮二人不好找理由，就又待了下去，住了有半年多。

三

【仙子送刘阮出洞】

曹唐

殷勤相送出天台，仙境那能却再来。
云液每归须强饮，玉书无事莫频开。
花当洞口应长在，水到人间定不回。
惆怅溪头从此别，碧山明月闭苍苔。

如此又待了半年，到了春天，刘、阮二人看到草长莺飞，听到百鸟啼叫，思家的心情越来越强烈，于是他们苦苦哀求仙女放他们回去。仙女一看，再强留他们也没有什么意思了，当下叹息说：“尘孽牵缠着你们不放，叫我有什么办法呢！”

她们召集来所有女子，摆下宴席，一起为刘、阮二人送行。酒阑席散后，她们指点了下山的路径，就回去了。诗中所写的“玉书”，似乎是仙女送给他们的修仙秘籍，但《幽明录》中没提。

刘、阮二人回到故乡，只见面目全非，巷子和屋子完全没有记忆中的模样了，村里的人竟没有一个认识的，打听了半天才得知，原来时间早已过了三百多年！我们常用“恍如隔世”这样一个词，这里却是真的隔了好几世了。经多方打听，找到一个人，按辈分是刘晨的七世孙。他当然不认识刘晨，倒是听过祖辈说，曾有一个先人上山采药，一去不回。

刘、阮二人听了，失魂落魄一般，如今已不是他们的时代了，在村里住着也没什么意思，村里人大概也没人相信他们是老祖宗。于是二人就又想回天台山去找仙女，可是，失去了，就再也回不去了！空月寂寂，冷月冥冥，再也找不到当初的路径。

◀《刘晨阮肇入天台山图》（局部）赵苍云（元）

四

刘阮再到天台不复见仙子

曹唐

再到天台访玉真，青苔白石已成尘。
笙歌冥寞闲深洞，云鹤萧条绝旧邻。
草树总非前度色，烟霞不似昔年春。
桃花流水依然在，不见当时劝酒人。

诗中说："草树总非前度色，烟霞不似昔年春。"其实草树烟霞怎么会有什么不同，只是情缘难续，这山川草木看起来就无论如何再不似旧时了。**有些东西，一旦失去，就难以找回了，不珍惜曾经拥有过的幸福，再想回头，已是惘然难觅。**

珍惜拥有，失去不再有。也许这就是仙女想要告诉刘、阮二人的吧。

《幽明录》中说，刘、阮二人寻不到仙女，后来也没有回去，竟不知所终。而在曹唐的诗中，还有这样一首，表明仙女也在怀念刘、阮：

五

仙子洞中有怀刘阮

曹唐

不将清瑟理霓裳，尘梦那知鹤梦长。
洞里有天春寂寂，人间无路月茫茫。
玉沙瑶草连溪碧，流水桃花满涧香。
晓露风灯零落尽，此生无处访刘郎。

说点题外话，后人的诗话曾嘲笑过“洞里有天春寂寂，人间无路月茫茫”这两句，说虽然拟的是仙女的口吻，但听起来竟像是“鬼诗”，确实，这首诗中的情调非常地悲戚，像“晓露风灯零落尽”也是阴风惨惨的。说起来，这天台二女仙，也不像是很尊贵的仙女，她们僻处在深山之中，像什么“胡麻饭、山羊脯、牛肉”之类的也算不上什么天厨仙馔，也没有见她们飞来飞去，使出什么高深的法力，能不能算地仙，很可疑。

虽然仙女们完全可以再把刘、阮二人接回来，然而，刘、阮二人既然执意要走，他们之间的缘分就已经尽了，再坚持也没有什么意思。有些事，有些人，一旦时过境迁，就再也回不去，就算还是这个人，也不是当时的那个人了。

人一生不能两次踏进同一条河流，“此生无处访刘郎”，就算刘郎仍在，也不再是初相见时的那个刘郎。

清代蒲松龄所写的《聊斋志异》中有《贾奉雉》一篇，其中有一段情节，袭用了刘、阮入天台的架构：说是贾奉雉因厌恶人间是非不分的污浊，于是去深山修仙，这回深山里没有美女相迎，却出来一个老叟，晚上安排他独居一室，进行考验。先派老虎吓，没吓动，后派美女勾引，也没能打动。结果这个美女又幻化成其妻的样子，并且用他们夫妻间的暗语来挑逗他，贾奉雉不能忘情，就和她欢洽了一番。第二天，老叟大怒，说他尘缘未净，就把他轰走了。

贾奉雉回到家乡，看到的也是面目全非，无复旧时景象，只不过时间只过了三代，才到他的孙辈。蒲松龄安排其妻在贾奉雉走后七八年时，就沉睡不醒，不饮不食，一直睡了百余年，得以不老不衰，贾奉雉一回来，其妻就醒转了（哼哼，蒲松龄真是不懂浪漫，如此重要关头，也没安排像王子吻醒睡美人那样的煽情桥段），于是夫妇二人又团聚重见。后来还有不少拉拉杂杂的事情，不必详述。

对比刘、阮和贾奉稚的故事，不免发现，后世人远不如先人浪漫，蒲松龄在故事中不仅将山中仙女换成了糟老头，而且大讲“存天理、灭人欲”的迂腐思想，意思是要杜绝一切情感才能修仙成功。而回到家后的沧桑巨变，也远不如刘阮故事更醒豁透彻。一方面贾奉稚这里只隔了三世，另外又加了其妻化作“睡美人”的情节，这份沧桑感就变得淡漠多了，粘皮带骨，一点也不爽利。

五 | 金车美人

—— 向来缘浅，奈何情深

▲《揭钵图》（局部）仇英（明）

《全唐诗》中，把金车美人这一则故事，列入了鬼篇。然而据我看来，这位金车美人应该也是仙女之属，大概是因为故事过于幽怨凄怆，《全唐诗》的编者才将其列入鬼篇吧。

此故事最早出于晚唐时张读所写的《宣室志》：有一个叫谢翱的书生，为了考进士，在“升道里”（当时长安城内的住宅小区）租了一处宅院，他很喜欢牡丹花，庭中遍植各类品种名贵的牡丹。

开始这个桥段，和《聊斋志异・葛巾》一篇中男主人公常大用出镜时的情景相若。不过《葛巾》中的“男主角”是色眯眯地穷追“女主角”，而我们这篇故事，还是唐代特有的“女追男”模式。

闲话少说，书归正传。却说这一天恰逢雨过天晴，谢翱出得门来，向南走了几百步，对着终南山远眺。只见一匹马疾驰而来，走近后谢翱一看，马上竟然是一个青衣小丫鬟。她到了谢翱面前驻了马，说：“你在这里是等什么人吧？”谢翱答：“没有啊，我只是看看山罢了。”青衣丫鬟下了马，对谢翱拜了一拜，微笑说：“请你回家去看看吧。”

谢翱惊疑不定，回到家中一看，只见三四个同样打扮的青衣丫鬟立在自己家门前，见了他纷纷行礼。走进家门一看，只见家中已经铺好了如茵的绣毡，设好了华丽的帷帐，一时间“锦绣辉映，异香遍室”。谢翱愕然不知所措，一个丫鬟看出他的心思，上前道：“郎君不用害怕，我们不会伤害你的。”

没过多久，一辆金车来到他的门前，上面坐着一位绝色美人，看上去也就十六七岁的模样，生得“风貌闲丽”，对谢翱说：“闻此地有名花，故来与君一醉耳。”说罢，当即命人设下酒宴约谢翱一同饮食，所陈设的酒菜和使用的器具都极尽华美，殆非人间所有。

谢翱饮了几口玉杯中的美酒，又惊又喜地问她是什么人，金车美人说：“你不要问我是什么人，你只要知道我并非人类就行了。”谢翱虽然惊异，但依然和她一起赏花论诗，越看越是爱恋有加。

夜色将深时，这个美人就要告辞（从这里看，金车美人也不像鬼，鬼都是夜半来，天明去，天亮就要走，金车美人恰好相反，却是白日来，晚上要走），临走时她说：“我家好远，不得不现在就回去了！听说你擅长写七言诗，愿有所赠。”谢翱心下怅然，于是挥笔题了这样一首绝句：

阳台后会杳无期，碧树烟深玉漏迟。
半夜香风满庭月，花前空赋别离诗。

此诗中，谢翱把他和“金车美人”的相逢比作楚王和巫山神女的阳台一会，此夜花好月圆，满庭香风，却离别在即，辜负如此良夜，更不知佳期重会在何时！叹惋惆怅之情透纸可见。

金车美人读罢，也唏嘘感慨不已，她泪下数行，说道：“我也曾写过诗，但水平尚浅，如今用来酬答，你不要笑话。”美人让谢翱替她找张红笺来，但谢翱搜遍竹匣中，只剩下一张碧笺了，于是金车美人就在这张碧笺上写下这首诗给谢翱：

与谢翱赠答诗

金车美人

相思无路莫相思，风里花开只片时。
惆怅金闺却归去，晓莺啼断绿杨枝。

从“相思无路莫相思”“惆怅金闺却归去”等诗句看，这个金车美人似乎是个被管束得极严，不得自由的仙女。她心思细腻，多愁善感，诗也写得相当不错。

金车美人命左右撤了帷帐，点了灯烛上了车。谢翱送至门外，挥泪而别。未行数十步，车与人马就都消失在空中了。谢翱十分吃惊，但还是十分想念这位“金车美人”，他把美人留给他的诗放在竹匣中，不时拿出来看了又看。

谢翱和仙女这一别就是一年多，这期间，他考进士落第，在万般愁绪中东归故乡。到了新丰的旅驿中，谢翱愁肠百结，无法成眠，他望着明镜般的皓月，又想起金车美人，于是在溶溶月色下吟了一首诗：

一纸华笺洒碧云，馀香犹在墨犹新。
空添满目凄凉事，不见三山缥缈人。
斜月照衣今夜梦，落花啼鸟去年春。
红闺更有堪愁处，窗上虫丝几上尘。

谢翱反复吟诵了几遍，只听得远处有车声自西而来，难道是自己思念过度的幻觉？然而车声越来越近，真的是他梦萦魂牵的金车美人来了，她身旁的婢女谢翱也都认得，正是当时的那些青衣小鬟。

金车美人驻了车，对谢翱说：“思念你好久了，只是不得一见。”谢翱请她留下来，住在他下榻的旅驿中，金车美人却坚决不肯。谢翱问她要到哪里去，她说：“要去弘农。”谢翱说：“我也要回洛阳，我们一起走，好不好？”美人说：“不行啊，我走得太急，不能和你一起走。”说完，她卷起车帘，脉脉含情地对谢翱说：“很感激你如此情意殷厚，可惜我们只有匆匆见此一面的缘分啊！”

金车美人一边说一边呜咽哭泣，悲不自胜。谢翱也悲泣泪下，于是，他把刚才所吟诗句又读给金车美人听。美人说：“没想到你这样牵念着我啊，真是让我好高兴，好感动。”接着又说：“我也再酬答你一篇吧。”谢翱忙取过纸笔给她，俄顷，诗就写成了：

惆怅佳期一梦中，武陵春色尽成空。
欲知离别偏堪恨，只为音尘两不通。
愁态上眉凝浅绿，泪痕侵脸落轻红。
双轮暂与王孙驻，明日西驰又向东。

谢翱拿了诗呆呆地伫立在那里，金车美人已经离去了，又是只行了百余步，就踪迹全无，仿佛蒸发在空中。谢翱虽然知道金车美人决非凡人，或是神仙，或是鬼怪，但他不管她是什么，哪怕是妖魔鬼怪，也深爱不渝。

谢翱到了陕西后，马上就取道去了弘农。他在弘农徘徊了好多天，想再见一面金车美人，哪怕就匆匆看一眼也好。但是，金车美人再也没有出现，音信全无。谢翱悲痛不已，失魂落魄一般回到洛阳，把上面的诗和故事告诉了他的朋友。此后，没过几个月，谢翱思念成疾，竟然一病不起，为情而死。

这个“金车美人”匆匆来去，似乎被什么人在管束着，她想爱又不敢，至于是仙是鬼，也费人猜测。难道她也和聂小倩一样，是一个被姥姥或黑山老妖等鬼物镇压住不得自由的孤魂？只可惜，故事并不团圆美满——**如花美人杳然无踪，多情书生情深不寿！这结局，令人扼**

腕长叹。然而，冷冰冰的现实世界中，这样的情景反而更多一些吧。

有道是“嫦娥应悔偷灵药，碧海青天夜夜心”，仙凡悬隔，虽说是有霄壤云泥之别，但如果看惯了白云琼宇，想必却觉得地上一草一木、一花一果、鸟来鸟去，人歌人哭的世界更热闹有趣。

还有不少的仙女，虽然没有和凡人结下姻缘，却也有过若即若离的情感交流。

六 | 许飞琼

——藏于内心的文艺梦

▲《绣线瑶池上寿图轴》(局部)(清) 台北故宫博物院藏

梦入琼台

许浑

晚入瑶台露气清，天风吹下步虚声。

尘心未尽俗缘在，十里下山空月明。

这首诗相传是唐代诗人许浑梦中所做。据孟棨《本事诗》中说，许浑好像贾宝玉神游太虚幻境一般，梦中登上一座高山，山上宫殿巍峨华美，不似人间。有人告诉他说：这是昆仑山。走了一段，看到有几十人相聚饮宴，并邀许浑入座共饮。后来有一美人双目含情，取出纸笔，要他当席赋诗。许浑慑于仙女之美，当时失魂落魄，一紧张，竟然诗也没有做成便醒了（哼，关键时刻掉链子，许浑也就二流诗人的料）。

不过，他梦醒后定下神来，却写下了这样一首诗："晓入瑶台露气清，座中唯见许飞琼。尘心未尽俗缘在，十里下山空月明。"过了几天后，他的梦就又"断线续传"，重新梦到那个仙子。仙子却一脸不高兴地说："你为何将我的名字传到人间？"言下之意，可能是：别人要是"人肉搜索"到我咋办？许浑惶恐，马上把第二句改为"天风吹下步虚声"。仙女许飞琼这才解颐开颜。

所谓"步虚声"，是指仙人在空中行走的声音，相传仙人们皆是踏空而行，步步生莲的样子。有人说"汉皋遗珮"的故事中的仙女就是许飞琼，这则故事出于《神仙传》，说是一个叫郑交甫的人于江边遇仙女，以目送情挑之，仙女一时动心，解下玉珮赠给他，然而郑交甫刚高兴了一会，没走几步，怀中的玉珮就不翼而飞，仙女也再也看不见了。看来许飞琼不像其他仙女那样大胆，对于凡俗中的男人，总是“发乎情而止乎礼”，在汉水边上偶遇郑交甫时，心中对他还是挺爱慕的，故而留下玉珮给他传情，然而，给了之后，她马上就心生后悔，施展仙法从他怀里取走了。我想，这并非是许飞琼戏弄郑交甫，而是说明了她的心中也是十分矛盾的。

对于许浑的态度，许飞琼也是如此。虽然一笔写不出两个“许”字来，她也没有像前面说的那些仙女一样和许浑有点什么露水姻缘，只是把他的魂魄召去，求得一首诗罢了。而且还百般小心，不愿把自己的名字传到人间。看来许飞琼为人低调，不喜欢炒作。或者她是王母娘娘的贴身侍女，王母的纪律太过严格，她不敢做太出格的事。然而，许飞琼的芳名还是尽人皆知。不过，如果说许飞琼的名字是许浑泄露到人间的，这未免有些冤枉。早在白居易的《霓裳羽衣舞歌》中就说：“上元点鬟招萼绿，王母挥袂别飞琼。”并自注道：许飞琼，萼绿华，皆女仙也。其实，许飞琼的名字，恐怕还是最早出自我们前面引述过的《汉武帝内传》，上面就说：“王母乃命侍女王子登弹八琅之璈，又命侍女董双成吹云和之笙，又命侍女石公子击昆庭之钟，又命侍女许飞琼鼓震灵之簧……”所以，早于许浑五十年的顾况，也有诗叙述说：“王母欲过刘彻家，飞琼夜入云軿车。紫书分付与青鸟，却向人间求好花。上元夫人最小女，头面端正能言语……”

看来，许飞琼让许浑非要把自己的名字隐去，主要还是出于拘谨和矜持吧。

有不少仙女和尘世书生之间的爱恋，都像许飞琼和许浑一样，虽然在时间的无涯荒野中相遇，却只是淡淡地一笔，刚起头就煞了尾。后来呢？只这样结束，没有后来。

《全唐诗》中还记载有张郁和洛川仙女的故事。从行事的风格看，倒和许飞琼非常相似。我很怀疑，这个洛川仙女也是许飞琼的化身。

相传唐明皇时，有个叫张郁的少年在洛川河畔游玩，看到风怡景和，于是诗兴大发，朗声咏道：

浮生如梦能几何，浮生复更忧患多。
无人与我长生术，洛川春日且长歌。

诗中有渴望求仙学道之意，这首诗被洛川仙女听到，于是就变成一个女郎，来到河边。她主动邀请张郁到翠绸帷帐中饮酒，和他谈论长生之术。但是，仙女发现张郁并没有修仙得道的素质，他和仙女谈论起来，时常是张口结舌，茫然无对。于是洛川仙女长叹一声，留下这样两首诗，就踏着洛河水波飘然而去：

彩云入帝乡，白鹤又回翔。久留深不可，蓬岛路遐长。
空爱长生术，不是长生人。今日洛川别，可惜洞中春。

唉，说来也是，现在社会中不少的高素质女性，都觉得择偶难，何况是仙女们。

七 | 萼绿华

——这才是人美心善

▲《绣线瑶池上寿图轴》（局部）（清）台北故宫博物院藏

前面说过，白居易有首诗中说："上元点鬟招萼绿，王母挥袂别飞琼。"这里的萼绿，是指仙女萼绿华。传说中，萼绿华和许飞琼都是王母身边的侍女，地位远低于西王母和上元夫人等。《神雕侠侣》中有个公孙绿萼，《天龙八部》里有个崔绿华，大概都是从此名上得来的。

《全唐诗》里写女仙萼绿华的有这样两首诗：

萼绿华将归九疑留别许真人

曹唐

九点秋烟黛色空，绿华归思颇无穷。
每悲驭鹤身难任，长恨临霞语未终。
河影暗吹云梦月，花声闲落洞庭风。
蓝丝重勒金条脱，留与人间许侍中。

韦应物有一首《萼绿华歌》：

有一人兮升紫霞，书名玉牒兮萼绿华。
仙容矫矫兮杂瑶珮，轻衣重重兮蒙绛纱。
云雨愁思兮望淮海，鼓吹萧条兮驾龙车。
世淫浊兮不可降，胡不来兮玉斧家。

这个女仙萼绿华，按南朝梁陶弘景《真诰·运象篇第一》中的说法，她看起来年龄仿佛二十上下，身穿青衣，非常漂亮。她曾在晋穆帝时，于半夜时来到一个叫羊权的人的家里，先是写了一首诗，夸羊权长得漂亮，颜值很高——“羊生标美秀，弱冠流清音”。

萼绿华送给羊权火浣布手巾一方，所谓火浣布，按现代的解释，其实就是石棉纤维织成的布，但古人认为是神仙所用的“宝布”。这种布据说脏了时候，不用水洗，放在火里烧一遍，污垢就没了，布却丝毫无损，白得比用洗衣粉洗的效果还好——“皓然凝乎雪”。

此外，萼绿华还赠给羊权金玉“条脱”各一枚，所谓“条脱”，就是手镯一类的首饰，按说这类东西应该是男人送给女子的，不过萼绿华可能私自从天宫过来，也不敢随便盗用天上的器物，身上带着什么，就送什么了。据说，这两个“条脱”都好像指环一般大小，不过精美之处，绝非人间可比。

萼绿华说：“千万别泄露我们的事情，不然我们都会因此获罪的。”揆其情形，看来也是结下了私情。唐李商隐《重过圣女庙》诗说：“萼绿华来无定所，杜兰香云未移时。”又有《无题》诗说：“闻道阊门萼绿华，昔年相忘抵天涯。”我们知道，李商隐的诗常用来形容那种偷食禁果的情缘，看来萼绿华也是一位芳心思凡，并付诸行动的仙女。不过仙女萼绿华教导羊权的一番话还是非常有道理的，她说：

修道之士，视锦绣如弊帛，视爵位如过客，视金玉如砾石。无思无虑，无事无为。行人所不能行，学人所不能学，勤人所不能勤，得人所不能得，何者？世人行嗜欲，我行介独；世人行俗务，我学恬淡；世人勤声利，我勤内行；世人得老死，我得长生。故我行之已九百岁矣。不慕财货，不谋名利，无思无虑，清静无为，确实是道家高人的仙诀。

然而，以上曹唐和韦应物的诗中，男主人公并非我们现在故事中的“羊权”，而是什么“许真人”和“许侍中”，笔者查来查去，只恨古代不能来个“人肉搜索”，只查到这样一个人物，最为相似，那就是上清派第四代宗师许翽。他字道翔，小名玉斧。这样就和韦应物诗中所说的“玉斧”对上茬了。后来朱熹诗中也有“山中玉斧家，胡不一来嘻”这样的句子，但“许玉斧”是和萼绿华有怎么样的故事，一时难以查考。

不管如何，这萼绿华也是诗中经常提到的女仙，李清照的《晓梦》一诗中也说：“晓梦随疏钟，飘然蹑云霞。因缘安期生，邂逅萼绿华。秋风正无赖，吹尽玉井花。共看藕如船，同食枣如瓜……”

八 | 杜兰香

——我的内心世界你不懂

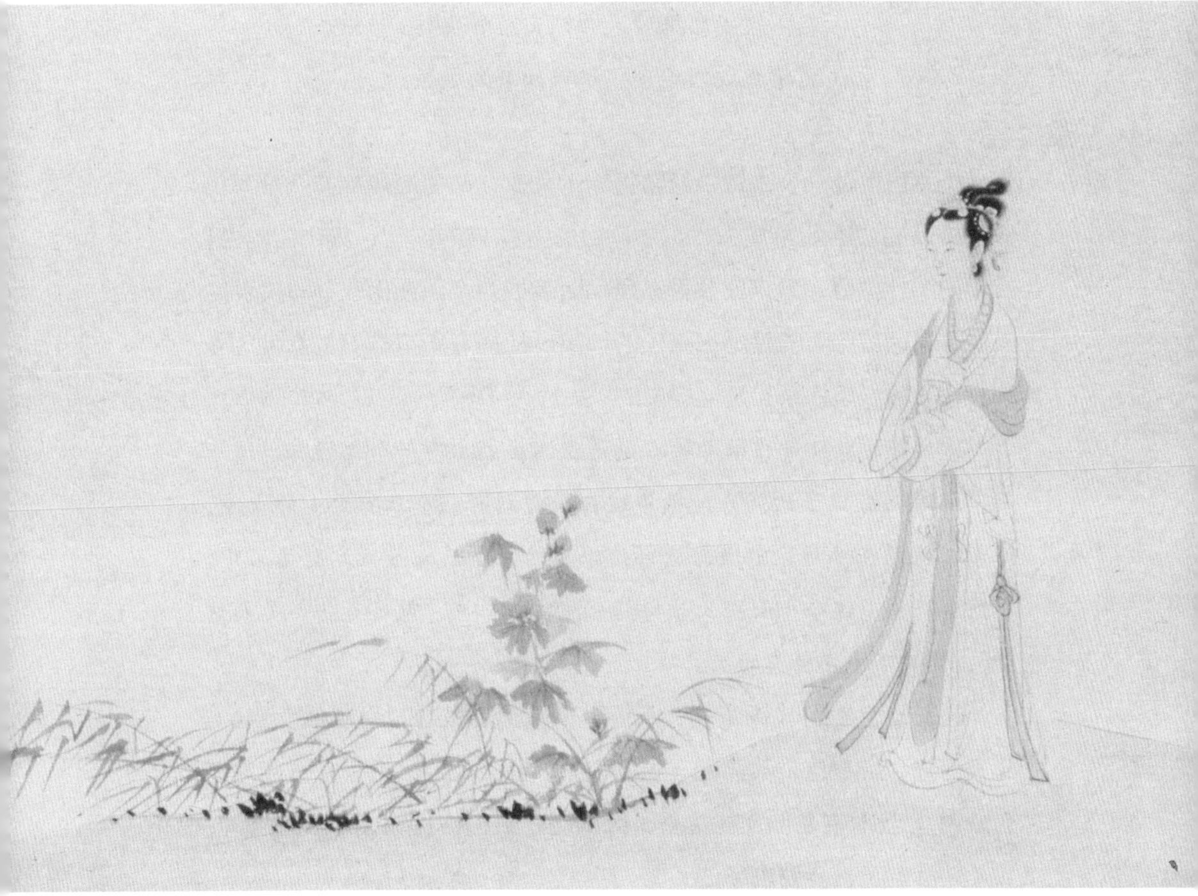

▲《招仙图》张灵（明）

玉女杜兰香下嫁于张硕

曹唐

天上人间两渺茫，不知谁识杜兰香。
来经玉树三山远，去隔银河一水长。
怨入清尘愁锦瑟，酒倾玄露醉瑶觞。
遗情更说何珍重，擘破云鬟金凤凰。

杜兰香也是一个古诗中经常提到的仙女，书生赵像给步飞烟写的情书中就有“不随萧史去，拟学阿兰来”这样的字句，其中“阿兰”就是说的杜兰香，看来杜兰香在唐代时就成为“仙凡相恋”的代表。

曹唐这首诗写的是她和张硕的情缘。杜光庭所写的有关女仙的专著——《墉城集仙录》是这样说的：

杜兰香的成仙过程很奇特：说是在洞庭湖上有一个老渔翁，这一天，他听到有孩子的哭声，循声过去，看到有一个三岁大小的女童，孤零零地站在水边。老渔翁觉得她很可怜，于是就接她到自己家中，养到十来岁，这个小女孩儿长得越来越水灵——“天姿奇伟，灵颜姝莹”，简直不像尘世中的人。

这天，忽然有“青童灵人”（是不是前面提过的青童仙女？？）从天而降，带着这个女孩就飞上天去了。临上天时，这个女孩儿对老渔翁说：“我本来是仙女杜兰香，因为犯了过错被责罚，才来到人间，如今期限到了，我要走了。”

说罢她就凌空飞走了。但杜兰香也不是无情之人，仍时不时来看望一下老渔翁。老渔翁经杜兰香指点传授，居然越活越年轻，也不打鱼了，于湖湘一带修仙学道，后来不知所终，大概成了地仙一流。

再后来，爱情戏上演了：仙女杜兰香来到洞庭包山的张硕家，张硕是一个青年男子，平日就喜欢求仙修道，杜兰香“下嫁”（其实无媒无聘，也无结婚证，最多算同居）到他家，教给他飞升练形之术。如此三年，张硕也成了仙。

杜兰香一见情郎之面，就送给他玉简一枚，玉唾盂一个，火浣布手帕一方。这些东西虽是天宫之物，但我觉得像痰盂、抹布，像是打扫卫生用的工具，不是像鼎、剑什么的可称为“国之重器”，在天宫中应该算不得宝物。很怀疑杜兰香在天宫就是“保洁员”，经常接触的就是这类器物，于是偷了几件来送给她的张郎。

据杜光庭所写的《墉城集仙录》，张硕后来也得道成仙了。这是一个童话式的美好结局。不过，这本书中，杜老道往往对原有的故事加以润饰和美化，而且有意淡化仙女和凡人相恋的元素，让他一写，仿佛就成了杜兰香点化张硕成仙，变成师徒关系了。

在本故事最早的版本《搜神记》中，杜兰香是在建业四年（公元233年）的春天，坐着青牛牵着的钿车来到张硕家门口的。杜兰香有两个小丫头，大一点的叫“萱支”，小的叫“松支”，小丫头传话说：“王母所生的仙女，想和你匹配为夫妇，赶快听从吩咐。”张硕见到杜兰香，只见她天姿美秀，年方十六七岁（张硕当时年方十七岁），杜兰香给张硕吟了一首诗：

阿母处灵岳，时游云霄际。众女侍羽仪，不出墉宫外。

飘轮送我来，岂复耻尘秽。从我与福俱，嫌我与祸会。

从“阿母处灵岳”云云，说明杜兰香的身份，杜兰香自抬身份，称是王母之女（其实可能只是王母的侍女），一副居高临下的“高姿态”，这首诗看起来不像是款通爱意，倒像是恐吓张硕。“从我与福俱，嫌我与祸会”——从了我，就有好果子吃，不然就降灾祸给你没商量。男女关系方面，存在一个有趣的现象，女追男时，像杜兰香这样“强横霸道”也不算过分，评书中常有如女山寨大王穆桂英捉了杨宗保就强逼成亲这类的故事，也算是一则佳话。如果将男女角色置换，味道就大不相同了。假想，杜兰香是个男神，张硕是个女子，那如果再说“从我与福俱，嫌我与祸会”，就成了妖人强娶民女了。

杜兰香和张硕“成亲”之后，不久就离去，一直隔了半年，到这年的八月份，才又回来。杜兰香这次回来，给了张硕“薯蓣子”三枚，个个如鸡蛋一样大。她说吃了这个能让张硕不畏风波，辟寒耐暑。张硕吃了两枚，想留下一枚（难道他想给别人吃？），但杜兰香不肯，坚持看着他全吃掉。

张硕曾问她：“向神佛祈福能让人身康体健吗？”杜兰香说：“服食药物可以消病祛疾，祈祷是没有什么用处的。”我们知道，古时常常巫医不分，家里有了病，有人不求医问药，却请来巫婆跳大神，杜兰香这番话，对于当时愚昧的人，不啻一服清醒剂。

然而，杜兰香后来还是永远离开了张硕。像《墉城集仙录》中那种张硕后来也成仙的说法，无异“王子和公主”童话式的改编，据《杜兰香别传》（见《太平御览》）中说，张硕后来苦等杜兰香不来，如此有一年多，忽然见到杜兰香的车飞降到山间，张硕悲喜交集，杜兰香脸上也显出高兴的样子，但是没说上几句话，杜兰香就要走了，张硕扑上前，想要挽留她，结果杜兰香的侍从纷纷伸出手臂将他推开（“其婢举手排硕，凝然山立”），张硕没法，只好黯然走开。

杜兰香后来为什么突然如此绝情，不再和张硕交往？其中原因，这些资料里都没有提，按杜兰香自己的说法是“情无旷远，以年命未合”，意思是说我们的感情没有什么问题，只是“年命”不合。什么叫“年命”，就是年庚和八字，反正是我们凡人解释不通、弄不懂的事情，解释权完全在仙女那边，仙女怎么说咱就怎么听呗。依我猜测，杜兰香可能也是私自下凡相会，因此不敢久留，什么“年命”之论，不过是托词罢了。

《全唐诗》中曹唐还写有一首《张硕重寄杜兰香》，看来唐代时，人们普遍认定的结局也是这样凄凉冷落的：

碧落香销兰露秋，星河无梦夜悠悠。
灵妃不降三清驾，仙鹤空成万古愁。
皓月隔花追款别，瑞烟笼树省淹留。
人间何事堪惆怅，海色西风十二楼。

仙凡相恋，往往是有始无终的。就像歌中所唱：“留不住的风留不住的云，留也留不住一颗离别的心。留不住的雨留不住的虹，就像留不住一场美丽的梦……”

九 | 樊云英

——少有的仙女下凡圆满结局

▲《裴航蓝桥遇仙图》范雪仪（清）

讲了这么多故事，好像没有一个圆满的。其实就算是古诗词中，也常是离愁别绪的多，喜乐团圆的少。

要说最幸运的男人，当属裴航了。所以裴航和仙女樊云英蓝桥相会，终成神仙眷属的这个故事，被后世的小说戏曲中屡屡提及：如宋代话本《蓝桥记》、元代庾天锡的杂剧《裴航遇云英》、明代龙膺《蓝桥记》传奇、杨之炯的《蓝桥玉杵记》等均以此为题材。

《全唐诗》中的这首诗就是裴航当年看到樊夫人时所写的：

赠樊夫人诗

裴航

向为胡越犹怀想，况遇天仙隔锦屏。
傥若玉京朝会去，愿随鸾鹤入青冥。

话说唐代长庆年间，有个叫裴航的书生应试不第，于是跑到湖北去找友人崔相国求些盘缠作路费，朋友还真大方，赠钱二十万（合现在人民币十多万元），于是裴航乐滋滋地雇了一艘非常舒适的大船，想回京城去，预备来年再考。

和裴航同在“豪华舱”里的乘客，有一位名叫“樊夫人”的女子，长得天姿国色，楚楚动人。裴航对“樊夫人”一见钟情，于是他找了樊夫人的侍女袅烟，求她把上面这首诗送给樊夫人。

裴航这首诗说的是什么意思呢？他说：原来我们相隔极远，但也遥寄怀想，所谓“胡越”，指北国的胡地和江南的吴越之地，古人活动能力有限，这个距离就算是非常远的地域了，引的是道家典籍《淮南子·俶真训》中的“自其异者视之，肝胆胡越”的典故。其实这句和平常人们搭讪时说句“久仰”的性质是一样的，不过诗词的表达方法比较雅致。接下来裴航又说：如今遇到了天仙一样的夫人您，而且只隔了一层薄薄的锦帐作屏风，这真让我心动不已。倘若您飞到玉京的仙府去，我愿意侍从在您身边。

其实，当时裴航并不知道樊夫人真的就是一位神仙（当然歪打正着，他说对了，樊夫人就是位天仙），他写这首诗，只是恭维樊夫人罢了，唐代男子追求贵族女人，常用天仙下降来形容，像元稹就把和莺莺相会的故事题为《会真记》，并写有《会真诗》，所谓“会真”，就是和神仙相会的意思。

裴航的意思其实也很唐突冒失，但写成诗句这样的语言，就含蓄委婉多了，这也是诗词的奇妙之处。当年孔子曾曰：“小子何莫学夫诗。诗，可以兴，可以观，可以群，可以怨。迩之事父，远之事君。多识于鸟兽草木之名。”意思是说：“同学们为什么不喜欢学《诗经》呢？学《诗经》可以激发情志，可以观察社会，可以交往朋友，可以讽刺一些不平之事。近可以侍奉父母，远可以侍奉君王，还可以知道不少鸟兽草木的名称。”

闲话打住，裴航这首诗送上以后，如泥牛入海，再无音信。裴航着急了，于是就几次找到当初传信的侍女袅烟询问。袅烟说：“信我是给了夫人了。但夫人看了后什么也没说，也没有什么表示，和没看到一样，我也没什么办法啊！”

裴航无计可施，只好一路上多买一些好酒和珍奇的果子“孝敬”樊夫人。他一直不断地献殷勤，樊夫人架不住了，于是命侍女袅烟将他召唤过来。裴航兴冲冲地来到樊夫人的舱里，这时樊夫人启帷露出真容，只见她的容貌如“玉莹光寒，花明丽景，云低鬟鬓，月淡修眉”，一副烟霞中人的样子，看得裴航惊愕不已。

樊夫人姿容虽美，却一脸冰霜，一副凛然不可犯的样子。她说自己有丈夫，这次去就是和他相会，不能移情“留盼他人”，虽然和裴航同舟共济，也算缘分，但他绝不可以有其他的想法。裴航饮了她所赐的一杯琼浆，就惶恐万分地告辞了。后来侍女袅烟又送给裴航一首樊夫人答复他的诗：

樊夫人答裴航

樊夫人

一饮琼浆百感生，玄霜捣尽见云英。
蓝桥便是神仙窟，何必崎岖上玉清。

裴航看了，猜不透其中的意思，又不敢轻易冒犯。樊夫人后来也再不见他，只是派侍女袅烟寒暄一下而已。后来，樊夫人下船上了岸，也没有和裴航告辞，裴航向人打听，没有一点消息，所谓“灭迹匿形，竟无踪兆”。

裴航好生沮丧，只好耷拉着脑袋继续走自己的路，这天他来到接近长安的蓝桥驿这里，因为口渴，就到路边的茅屋里讨些水。这里三四间低矮的茅屋中，有一个老婆婆。裴航对她作揖，求一杯水喝。老婆婆就喊：“云英，拿一瓯浆水来，郎君要喝。”裴航听得“云英”这两个字，不觉如雷轰顶，浑身一震，他马上想到樊夫人诗中所说的“玄霜捣尽见云英”这一句来。

只见苇帘下伸过来一双纤纤玉手，捧着一个瓷瓯。裴航接过来喝了，觉得如琼浆玉液一般香甜，那浓郁的馨香，弥散到门外。裴航偷偷揭帘窥看，只见一个女子，脸胜腻玉，鬓如浓云，见到裴航在偷窥她，就略带害羞地转过身去。文中写裴航初见云英时用了“露裛琼英，春融雪彩”这八个字，此时裴航的心中，定是充满了好似春日里明媚阳光一般的爱意。

突然想起一首歌：“冬去了春来，雪化了云开，这份爱在等待……”这“春融雪彩”四字，也许正代表了当时裴航的心情，看来古往今来，人们的心意还是息息相通的，一样的情境，就会有一样的心情。

裴航一见倾心，于是借口要喂马，赖在此处歇息。他找机会向老婆婆提亲，想用厚礼聘娶那个叫云英的美丽少女。老婆婆说：“她早许给一个人了，只是还没成亲罢了。昨天有个神仙送给我灵丹，必须放进玉杵臼捣上一百天，才能吞服。你要是想娶她，金银财宝什么的都没用，我就要这个玉杵臼。”

裴航生怕被一口回绝，听到这个条件，当下倒十分欢喜，说：“我愿意以百日为期限。一定带玉杵臼回来。”老婆婆欣然应允。裴航于是急匆匆地来到了京城，到处打听哪里有卖玉杵臼的。他如痴如狂，扯住人就问，有时候遇到京城里的老朋友，也来不及说话叙旧，人们都以为他是疯了。

眼见期限将近，裴航急得火烧火燎一般，正没奈何处，突然碰到一个卖玉的老头（此人身份可疑，八成就是神仙变化的），他对人说：“最近我收到了虢州药铺卞老的信，说是有玉杵臼要卖掉。”裴航兴冲冲地找到这个卞老，他果然有玉杵臼，但是要价二百缗，古时一千个钱为一缗，那么两百缗就是二十万钱，正好是裴航从崔相国那儿得到钱的总数。按我前几本书中曾提过的古今货币换算法，也就是人民币十多万元，也不算太贵。

裴航于是倾尽钱囊，又将马和仆人都卖了，才刚刚凑足这个数目。有朋友可能说，他不是正好从友人崔相国处拿了二十万钱吗？你可要注意，裴航一路从湖北到长安，花掉不少钱不说，他还买好酒好果子给樊夫人，也是破费了很多钱的。

裴航买了这个玉杵臼，已是身无长物，一贫如洗，穷得只剩下这个玉杵臼了。说到这里，不禁悚然一惊，幸亏当时是唐代，民风淳厚，要是放在现在的社会，难说不是一个骗局，假如老婆婆、美少女、卞老头等人是一伙骗子，裴航可就惨极了。嘘，这是怎么说的，怎么连神仙也怀疑上了。

且说裴航没了马，只好靠“11 路”车——两条腿走到蓝桥，那个老婆婆见到他笑了，夸他讲信用。然而，那个美少女说：“你还要捣药一百天，才能商议婚姻之事。”

老婆婆从襟带间解下来了药，让裴航放在玉杵臼中捣，她们也挺照顾裴航的，没让他昼夜不停地捣药，只是白天捣，晚上就休息。这天晚上，裴航突然又听到捣药的声音，就去偷看，只见一个白兔，身上的白光辉映满室，拿着玉杵正在帮他捣药哪。裴航见了，更加惊奇，认定她们是神仙人物，捣起药来更加带劲了。

对于这一情节，有人解释说是裴航感动了天上的玉兔，从而帮他捣药的。但我觉得老婆婆既然是“神仙一族”，像捣药这样的简单劳动，根本用不着裴航这个凡夫俗子如此费劲地来弄，之所以让他捣药，就像现在的电脑游戏中打怪练级一样，是个考察耐力的活儿，用来考验裴航对于云英的爱心是不是执着。之所以有玉兔帮忙，大概是云英爱慕裴航，怕他中途气馁，撂了挑子。这裴航见到玉兔，就如同开车去找旅游景点时，正彷徨间，突然见到一个指路标，方向没错。于是抓紧一脚油门踩下去。

“是你让我翻破爱情的秘籍，四个字——坚持到底”（这是我替裴航唱的），这裴航捣得带劲，日子也就不觉得枯燥漫长了。长话短说，这一天，已到百日之期。老婆婆很是高兴，将捣好的药吞了，说道：“我应当进山洞去通知亲戚，为裴郎准备帐帷。”她让裴航在山下稍等，就和那个叫云英的美少女先进了山中。

不一会，一大群车马和仆人来迎接裴航。走进山中，裴航看到一个非常华贵的府第，门扉上都镶着宝珠，在日光下闪动着光芒，室内的帐幄屏帷华美无比，珠翠珍宝琳琅满目，就连京城的名门高第也没有如此阔气。

参加婚礼的众宾客，多半是神仙中人。其中有一个仙女，梳着高高的鬟髻，穿着霓裳，说是云英的姐姐。裴航向她拜了几拜，仙女笑着说：“裴郎不认识我了吗？”裴航惊愕地说：“记不起来在哪儿曾相识过。”仙女轻嗔道：“不记得一起同舟从鄂渚回到襄汉那回事了吗？”裴航这才想起，这个仙女就是当时在舟中结识的樊夫人。

后来他悄悄问了别人，原来他娶的夫人名叫樊云英，其姐姐是樊云翘，前面我们在讲“上元夫人”时曾说过，她和夫君刘纲一起修仙，功力却远远超过自己的老公刘纲。樊云翘现在已经是真人，在神仙中级别也很高，是玉帝驾前的女官。

细想这段情缘，十有八九是樊云翘从中安排好的，老婆婆啦、寻玉杵臼等众多情节的幕后总导演，正是这位樊夫人。她在鄂渚舟中看到裴航这小伙还算不错，于是就留给了自己的妹妹啦。

裴航后来就和妻子云英在玉峰洞的“琼楼珠室”中居住。没说的，这才真叫作“神仙眷属人争羡”哪！云英让裴航服了“绛雪琼英之丹”，裴航自此“体性清虚”，后来也超升为上仙。

这个故事太唯美了，很符合人们的理想和祈愿。“蓝桥”二字，从此就和爱情结下了缘分，屡屡出现在后世的诗句中。苏轼曾叹：“蓝桥何处觅云英。只有多情流水伴人行。”多情才子纳兰容若也说：“浆向蓝桥易乞，药成碧海难奔。”

仙侣佳话，千年后的尘世里，难以再找到这样纯真的邂逅，有谁还能为她捣尽玄霜？**蓝桥何处觅云英，破碎的童话里，让我们拾起那亮晶晶的琉璃，枕着睡去，做一个好梦。**

只要不醒过来，这就不是梦。

看了这么多的女仙，我们不免发现，女仙之中“多情”之辈实在不少，她们同样为爱牵肠挂肚，为爱纠缠苦闷，《全唐诗》中有这样两首诗，说是两个不知来历的仙女题在慈恩院（现在的大慈恩寺，大雁塔所在处）的廊柱上的：

皇子陂头好月明，忘却华筵到晓行。
烟收山低翠黛横，折得荷花远恨生。

湖水团团夜如镜，碧树红花相掩映。
北斗阑干移晓柄，有似佳期常不定。

诗中“折得荷花远恨生”“有似佳期常不定”之类的情怀，和心怀忐忑、为爱守候的凡间女子似乎没有什么不同。

按传统说法，天上所有的女仙都是归王母管理的，过去的民间故事中王母娘娘常以一副反面人物的形象出现，比如派一群凶神恶煞（这词用在这里很恰当）的天兵把七仙女们捉回天庭，似乎十分铁面无情，但现在看来王母娘娘也属于刀子嘴豆腐心的典范了。也许是因为王母娘娘当年也曾有过浪漫爱情，所以她也希望那些对爱情憧憬的仙女有一个美好结局吧。这里，我们再悄悄地扒一下王母的绯闻逸事。

十 | 西王母

——原来玉帝和王母不是夫妻!

▲《西王母瑶池会群仙图》佚名（清）

王母歌

韦应物

众仙翼神母，羽盖随云起。上游玄极杳冥中，下看东海一杯水。
海畔种桃经几时，千年开花千年子。玉颜眇眇何处寻，世上茫茫人自死。

女仙这一篇，我们最后来说说西王母（王母娘娘），算是压轴的人物吧。王母娘娘，亦称金母元君、瑶池金母，据说小名叫作瑶琼（注意不是琼瑶），她是统管女仙的最高领导，由先天阴气凝聚而成，并非是玉皇大帝的老婆。民间把玉帝等同于天上的皇帝，王母等同于娘娘，于是有了他们是夫妻的误解，其实并非如此。

最早记载“西王母”的是上古奇书《山海经》，不过在《山海经》里，王母娘娘的形象非常不好。《山海经·西山经》中说：“西王母，其状如人，豹尾虎齿而善啸，蓬发戴胜。”“其状如人”，既然是“如人”就不是人了，而且“豹尾虎齿”，简直就是人形兽类嘛！而“蓬发戴胜”是说王母披散着头发，戴着玉制的发饰。关于戴胜，郭璞注曰：“胜，玉胜也。”即玉制的饰物。

这样的王母形象，简直就是妖怪，和我们印象中的王母相差太远，于是后人就有了另外的解释，《墉城集仙录》中杜光庭解释得就很有水平，他说：“此乃王母之使，金方白虎之神，非王母之真形也。”也就是说，《山海经》里记录的那个半人半虎的，只是守卫王母门户的神兽，是西方的白虎之神，并非王母娘娘。一般凡人哪里能见得到王母？见到的只能是王母门口的“保安”。这样讲倒也中理中节，十分可信。

西王母的“绯闻”，主要是和周穆王的故事，虽然早就有嫦娥的老公后羿到昆仑山找王母求得不死药的传说，但没有证据表明二人有什么过于亲密的行为。当然，仔细想想，这事也很可疑，后羿为什么就能求得不死之药，想那不死之药是何等珍贵的东西，怎么就轻易地给了后羿？有的地方说是后羿偷的，但《淮南子·览冥训》说：“羿请不死之药于西王母。”分明是求来的嘛。至于嫦娥为什么要将不死药全都吃掉？一千个读者有一千个哈姆雷特，其中的隐情，大家闲时猜想去吧。

八马回乘汗漫风，犹思往事憩昭宫。宴移玄圃情方洽，乐奏钧天曲未终。
斜汉露凝残月冷，流霞杯泛曙光红。昆仑回首不知处，疑是酒酣魂梦中。

一曲笙歌瑶水滨，曾留逸足驻征轮。人间甲子周千岁，灵境杯觞初一巡。
玉兔银河终不夜，奇花好树镇长春。悄知碧海饶词句，歌向俗流疑误人。

这两首诗，就是写西王母和周穆王的故事的。第一首是以周穆王的口吻来写的，第二首则是西王母的口吻。

周穆王，名叫姬满，是周武王姬发的第五子，他最喜欢到处游玩，以倾国之力，收集了八匹骏马，名为“赤骥、盗骊、白义、逾轮、山子、渠黄、骅骝、绿耳”。这“八骏”，后来成为宝马良驹的代名词。传说这八匹马拉着穆天子，一天能走上万里，比现在的跑车都强得多。

周穆王来到西王母住的昆仑山下，会见了西王母。周穆王见王母时，特地选了个甲子吉日（卜卦是周家的祖传绝学，周文王定八卦嘛），并送上这四样礼物：白色的圭、黑色的璧、一百匹锦缎、三百匹白绸。现在看也没有什么稀奇的，白圭、黑璧什么的恐怕王母还不

▶《瑶池献寿轴》金廷标（清）台北故宫博物院藏

稀罕，因为说起玉石，天下哪里又比得上昆仑山下出产的和田美玉？不过千里送鹅毛，礼轻情义重，王母对穆王还是十分热情的。

周穆王在王母处盘桓了三天，两人正如鱼得水时，传来消息，周穆王的国内有人叛乱，于是，周穆王不得不告辞回去。西王母赋诗道：“白云在天，山陵自出，道里悠远，山川间之。将子无死，尚能复来？”意思是说，自此一别，山高路远，你还能再来看我吗？缠绵留恋之意，尽在诗中。

周穆王回答说“比及三年，将复而野。”意思是最多三年，我就会再到这里来的，然而，周穆王这一去，就再也没有回来。王母的瑶池，桃花红了又红，和周天子的相会，成了西王母的一次浪漫回忆。正所谓“神仙有分岂关情，八马虚随落日行”（李商隐《华岳下题西王母庙》），又有诗说“沧海成尘几万秋，碧桃花发长春愁。不来便是数千载，周穆汉皇何处游”（《王母》）。

卷二

神仙也要拼学历？

正如佛教中根据“学历”不同，将修行者分成“佛、菩萨、罗汉”等层次一样，道家也有相似的神仙等级。八仙之一的汉钟离在传吕洞宾道术时，对他说修仙有小成、中成、大成这三个阶段，根据各人的资质和努力度，会有五个等次——“鬼仙、人仙、地仙、神仙、天仙”。

《全唐诗》里被视为神仙的诗歌作者，我觉得大部分属于地仙或者人仙这一类。因为真正的天仙很少涉足人世，也没有了人的七情六欲，他们自然不会留下什么诗的。而地仙因为凡情还未完全了却，才依然和人世亲近。其实，我个人觉得，天仙独处云霄，就算是琼楼玉宇住着，蟠桃仙酒吃着，也挺单调乏味的，远不如地仙生活在人间更有趣味。正像每次我想到孙悟空成了斗战胜佛后，再没了当年那恶搞天宫时的淘气劲，心下就十分惘然。

“莫待老来方学道，孤坟多是少年人。”死，恐怕是“人生七苦”中最让人恐怖和烦恼的一劫，如果真能修炼成仙，那有多好！

一 | 吕洞宾

——能文能武，你欣赏的他都有

▲《群仙会祝图》仇英（明）台北故宫博物院藏

◀《纯阳真像》佚名（南宋）弗利尔美术馆藏
一千个人心中有一千个哈姆雷特，每个人心中吕洞宾的样貌也都不尽相同。

在八仙之中，吕洞宾的法力并非最高的，但他的影响力是最大的，他在民间有极大的声望。如果来个全民海选，推荐道家的形象代言人，那吕祖的票一定特多。假如众神仙也开直播的话，吕祖一定是流量担当。

《聊斋志异》的作者蒲松龄曾说过："故佛道中唯观自在（观世音），仙道中唯纯阳子（吕洞宾），神道中唯伏魔帝（关帝），此之圣愿力宏大，欲普渡之身世界，拔尽一切苦恼，以是故祥云宝马，常杂处人间，与人最近。"

是啊，佛教道教中香火最盛的就要数观音、吕祖、关老爷了。吕祖之所以在道教神仙中人气最旺，首先是他的形象好，**吕祖有时一副豪气冲天的剑侠形象，有时则是文质彬彬的文士打扮，无论"文装武装"，**

绝对是英风潇洒、神采飞扬。而且吕祖耽于诗酒——“诗吟自得闲中句，酒饮多遗醉后钱”，充满人情味。

万顷白云独自有，一枝丹桂阿谁无

七言

吕岩

当年诗价满皇都，掉臂西归是丈夫。
万顷白云独自有，一枝丹桂阿谁无。
闲寻渭曲渔翁引，醉上莲峰道士扶。
他日与君重际会，竹溪茅舍夜相呼。

大凡学仙求道的人，往往也不是一开始就以学仙为“第一志愿”的。吕洞宾也是如此，从“当年诗价满皇都”来看，吕洞宾当年是一个锦心绣口、笔走龙蛇的青衫才子，只不过晚唐时科场腐败，吕洞宾屡试不中。

这一年，在长安的酒家里，吕洞宾喝了一顿闷酒，却遇见了八仙中的“汉钟离”，**汉钟离让他做了一场“黄粱梦”，从此他大彻悟，再也不汲汲于富贵，醉心于功名了。**（这段故事的详情，我们放在“汉钟离”篇中来说）。

从诗中的“万顷白云独自有，一枝丹桂阿谁无”可以看出，吕洞宾再不以蟾宫折桂为难得的荣耀，而是宣扬起“读书无用论”——与其呕心沥血地考“学历”，还不如隐居到山间林下。那万顷白云，千缕清风，不用一钱买，不用违心求，就全是自己的，全是求道之人的。

单从诗歌艺术而论，吕洞宾的诗也称得上极佳，可见他所说的“当年诗价满皇都”并非虚言，有人说吕洞宾集中的诗多是他人伪托，但我觉得并非如此，或许有哪些一首两首是假的，但绝大多数诗篇，都写得傲气凌霄，充满矫然独立的仙家气度，绝非一般喜欢作伪欺世的妄人所能道。

不少道家“仙人”的诗，庄严刻板，犹如泥塑木雕的神像一样没有活的灵气。而吕洞宾的诗读来多有神采飞扬的感觉，比如这一首，虽然题为《赠罗浮道士》，但是其中没有多少香烟缭绕的气味，而是旷达豪迈，气吞江海：

▶《顾绣八仙庆寿挂屏》佚名（明）

罗浮道士谁同流，草衣木食轻王侯。
世间甲子管不得，壶里乾坤只自由。
数着残棋江月晓，一声长啸海山秋。
饮馀回首话归路，遥指白云天际头。

其中“世间甲子管不得，壶里乾坤只自由”一联尤其出彩，其气魄，除太白外，鲜有类之。诗中气象，非凡俗之辈可及。

等闲倒尽十分酒，遇兴高吟一百篇

七言

吕岩

世上何人会此言，休将名利挂心田。
等闲倒尽十分酒，遇兴高吟一百篇。
物外烟霞为伴侣，壶中日月任婵娟。
他时功满归何处，直驾云车入洞天。

道家不像佛家，《西游记》中唐僧曾说：“酒是僧家第一戒。”而道家的神仙们对于酒并不排斥，好多得道高人、仙人都经常醉醺醺的，像《仙剑奇侠传》中的“酒剑仙”就是个中代表。正所谓“九重天子寰中贵，五等诸侯门外尊。争似布衣狂醉客，不教性命属乾坤”（吕祖七言）。

当一个布衣闲客，野店村酒，醺然一醉，比起玉阶金殿中那些钩心斗角、蝇营狗苟的权贵来，更不知要快活多少！“醉里乾坤大，壶中日月长”，大概酒中之趣就颇似道家真义。沉醉之中，物我皆忘，倒真有点万物一也，天地齐也的意思。

吕洞宾酒量不小，而且走到哪喝到哪，他集中带有“酒”字的诗句非常多，比如“杖头春色一壶酒，炉内丹砂万点金、闷里醉眠三路口，闲来游钓洞庭心、三尺焦桐为活计，一壶美酒是生涯、时斟海内千年酒，惯摘壶中四序花”等。

吕祖好酒，这次喝多了，也出了一次“交通事故”（咦，难道吕祖酒驾？），这天吕洞宾喝得酩酊大醉，行走在巴陵市的街头，撞上了当地太守的车驾。古时候当官得很是威风，有道是“巡抚出行，山摇地动”，一般行人早就远远地回避了。

◀《蟠桃八仙会图册》佚名（清）

虽然吕洞宾的形象和我们想象中有些出入，但也别有一番道骨仙风的感觉。

见有人竟然挡了他的车驾，太守当下便喝令三班衙役拿下吕祖问罪。吕祖笑呵呵地说：“等我酒醒了后再说吧。”说罢竟然酣睡在街头。太守大怒，正要喝令左右拷打，吕祖却突然不见，只听空中有吟诗声道：

暂别蓬莱海上游，偶逢太守问根由。
身居北斗星杓下，剑挂南宫月角头。
道我醉来真个醉，不知愁是怎生愁。
相逢何事不相认，却驾白云归去休。

（【真人行巴陵市，太守怒其不避，使案吏具其罪。真人曰：“须酒醒耳。”顷忽失之，但留诗曰】吕岩）

吕洞宾在此处，有意和这个狂傲的太守开了一个玩笑。怪不得吕祖让世人感到十分亲切，因为他不像一个高高在上的仙人，更像是一个仗剑走江湖的侠客。吕祖还有诗道：

落魄且落魄，夜宿乡村，朝游城郭。
闲来无事玩青山，困来街市货丹药。
卖得钱，不算度，酤美酒，自斟酌。
醉后吟哦动鬼神，任意日头向西落。

“醉后吟哦动鬼神，任意日头向西落”，这就是吕洞宾疏狂不羁的风采，他不是一尊枯冷的偶像，而是和世上充满七情六欲的人息息相通，悲喜共尝的。

吕洞宾有一首《梧桐影》诗，写道：“落日斜，秋风冷。今夜故人来不来，教人立尽梧桐影。”此诗没有一点香火气息，充溢着人间气味。虽然寥寥几字，但意味深长，可媲美太白之“秋风清，秋月明，落叶聚还散，寒鸦栖复惊”一篇。

手中气概冰三尺，石上精神蛇一条

吕洞宾的形象亦文亦武，相貌斯文，像个文士，但身后背着一把长剑，又有神威凛凛的一面。相传吕祖剑术通神，《宋朝国史》（依吕祖的寿数，活到宋代毫不稀奇）中也这样说：“关中逸人吕洞宾，年百余岁，而状貌如婴儿，世传有剑术。”

磨剑赠侯道士

吕岩

欲整锋铓敢惮劳，凌晨开匣玉龙嗥。
手中气概冰三尺，石上精神蛇一条。
奸血默随流水尽，凶豪今逐渍痕消。
削平浮世不平事，与尔相将上九霄。

这是《全唐诗》中所载的一首诗，从中我们可以看到，吕祖磨了一把利剑送给这位姓侯的道士，其中“手中气概冰三尺，石上精神蛇一条”写得威风凛凛、虎虎生风，极有气势。

民间百姓们传说吕祖可飞剑取人首级于千里之外。但吕祖是有德仙人，他的剑并不会滥杀无辜。

南宋时吴曾所撰的《能改斋漫录》卷十八中，写吕祖自己言道：“世言吾卖墨，飞剑取人头，吾甚晒之。实有三剑，一断烦恼，二断贪嗔，三断色欲。”是啊，挥剑杀人这等事，正像《庄子·说剑》篇中说的那样：“相击于前，上斩颈领，下决肝肺，此庶人之剑，无异于斗鸡。”——这只是末节小技。而老子说过：“胜人者有力，自胜者强。”

斩断烦恼、贪嗔、色欲之类的情感比取千里之外的人的首级难得多了，毕竟这世界上最难把控的就是人心。吕祖自己曾写过这样一首诗：

题凤翔府天庆观

吕岩

得道年来八百秋，不曾飞剑取人头。
玉皇未有天符至，且货乌金混世流。

从诗中看，吕祖并没有施展过他的剑术来杀人，但有没有降妖除怪，那就不得而知了。所谓“且货乌金混世流”，“乌金”是墨的代称，吕祖的意思是说，现在我就在街头像落魄书生们一样卖一卖字，

◀《吕仙降妖图》李迪（南宋）

和世人在一块混混日子罢了。正所谓“真味只是淡，至人只是常”。

茫茫宇宙人无数，几个男儿是丈夫

吕洞宾和那些清高得不愿涉足人世的神仙大有不同，据说他曾发誓：**“必须度尽天下众生，方愿上升也。”**所以吕祖长年游戏人间，做一个地仙。但是正如吕祖诗中所说：“四海皆忙几个闲，时人口内说尘缘。”寻常俗人，度他们恐怕要比骆驼穿过针眼还难。

《全唐诗》中吕洞宾写有这样一首诗，道出他在世间的寂寞：

绝句

吕岩

独上高峰望八都，黑云散后月还孤。
茫茫宇宙人无数，几个男儿是丈夫。

独立在风急月孤的高山崖上，吕祖心中感到一阵阵的孤寂。**世上人纷纭如蚁，众人熙熙，皆为利来，众人攘攘，皆为利往，真心放弃物欲，求仙证道的人又有几个？**而《全唐诗》中的这样一首诗也透出吕洞宾的寂寞：“岘山一夜玉龙寒，凤林千树梨花老。襄阳城里没人知，襄阳城外江山好。”

钟吕（钟离权、吕洞宾）一派传道时，不像“五斗米道”及其他教派那样疯狂“扩招”。吕祖传徒，必细细考察其根骨，如无修道基础，别说交五斗米，交五斗金子也不收。但如此一来，收徒就如沙中淘金，困难极了。

一般俗人不但悟性差，还常常认假为真。据说吕洞宾一次到乡间，见一伙子人正热热闹闹地给神仙吕祖过寿。吕洞宾凑过去一看，众人都在给高悬着的自己画像斟酒献肉。但游方道人打扮的吕洞宾也想去讨杯酒喝时，大伙怒目而视，将他又推又搡，赶了出来。所以《全唐诗》中有吕洞宾的这样一首诗：

闲题

吕岩

独自行来独自坐，无限世人不识我。
惟有城南老树精，分明知道神仙过。

还有故事说，吕祖见一家母子贫穷，于是投两粒仙米入井，从此井水化为美酒，于是这家从此开个酒铺，卖酒为生，就此无本万利，衣食俱丰。过了段时间，吕祖过来回访，其子并不满足于脱贫致富的现状，倒抱怨起来，说是井水化酒，好却是好，但没有酒糟可以喂个猪什么的。吕祖长叹一声道："人心苦不知足。"于是将仙米收回，井水还是原来的井水。

不过即使如此，吕祖也始终没有厌弃人间，他甚至还到青楼妓馆中开悟那些风尘女子求道，有诗为证：

▶《吕洞宾过岳阳楼图》佚名（元）大都会艺术博物馆藏

题广陵妓屏二首

吕岩

嫫母西施共此身，可怜老少隔千春。
他年鹤发鸡皮媪，今日玉颜花貌人。
花开花落两悲欢，花与人还事一般。
开在枝间妨客折，落来地上请谁看。

这是吕祖题在扬州妓馆屏风上的诗，扬州自古是烟花之地，春风十里，美人如玉，是著名的温柔乡。吕祖却题诗告诫那些女人，富贵繁华皆是眼前花，一朝沦落不堪看。

据说直到了宋朝熙宁元年（1068 年），吕祖还在湖州一户人家中饱以美酒后，用石榴皮在墙上题诗道：

熙宁元年八月十九日，过湖州东林沈山。
用石榴皮写绝句于壁，自号回山人。

西邻已富忧不足，东老虽贫乐有馀。
白酒酿来缘好客，黄金散尽为收书。

当然，吕祖之所以为世人熟知并广为供奉，还有一个因素，那就是后来盛极一时的全真派，其祖师王重阳相传就是受吕祖的点化而悟道的。所以随着全真教在全国的到处流行，吕洞宾的影响力也越来越大。

绝句

吕岩

斗笠为帆扇作舟，五湖四海任遨游。
大千沙界须臾至，石烂松枯经几秋。

无家无业，无拘无束，三千里来去自如，如云如水，如鹤如松，七百年暑尽寒来。大道修成，瓦砾尽黄金，黄金皆瓦砾。美酒饱饮，君山为我枕，我枕是君山。品吕祖之诗，遥想吕祖之风采，焉能不心折神服？

二 | 汉钟离

——不瞒你说，我解锁了“修仙”新方式

▲《钟离仙迹卷》佚名（元）台北故宫博物院藏

“天下都散汉钟离权”这幅图中汉钟离的形象就很像电视剧中的扮相了。

汉钟离其实不姓“汉”，他姓钟离，名权，又有云房先生、正阳子、和谷子等多种名号。因传说他是汉朝时的人，又曾自命为“天下都散汉钟离权”（“都散汉”即“闲汉”的意思），因此，人们就将他称作“汉钟离”。

相传钟离权是一名武将，东汉时有个外戚，叫梁冀，是有名的跋扈将军。他妒贤嫉能，给钟离权老弱残兵二万，叫他去征讨胡人，结果自然是全军溃败。幸好钟离权命大，逃得性命，跑到一个山谷中，正所谓“塞翁失马，焉知非福”。在这里他遇到一个碧眼胡僧，指引钟离权来到一个叫东华先生的上仙处，授给他长生真诀、金丹火候及青龙剑法，钟离权由此得道成仙。

据说到了晋代，汉钟离又做了边关大将——奇怪，汉钟离不是成仙了吗？又来当武将做什么？大概是旧情难忘，又来友情客串一番？这次他改名为“金重见”（金重合起来就是“锺”字）。此时汉钟离的形象就很像电视剧中的扮相了“丫头坦腹，手摇棕扇自若，赤面伟体，龙眼虬髯”——头上像小丫头那样梳两个发髻，穿着“露脐装”，拿着大扇子，整天热得不行似的。他当了几天大将，觉得晋朝皇帝昏庸骄奢，很难侍候（很自然的道理嘛，当惯了逍遥自在的神仙，哪里还习惯这趋炎附势的职场生涯？），于是就解印辞职了。

到了唐末，他又在长安酒店里出现，点化吕洞宾成仙，《全唐诗》中的这三首诗就是当时留下的：

题长安酒肆壁三绝句

钟离权

坐卧常携酒一壶，不教双眼识皇都。
乾坤许大无名姓，疏散人中一丈夫。

得道高僧不易逢，几时归去愿相从。
自言住处连沧海，别是蓬莱第一峰。

莫厌追欢笑语频，寻思离乱好伤神。
闲来屈指从头数，得见清平有几人。

前面在说吕洞宾时，曾经说过，吕洞宾当年虽然也是“尖子生”，但因晚唐科举腐败，屡试不中，心情十分郁闷，在长安酒店喝闷酒时，就遇见了钟离权，钟离权着一白袍，在墙壁上题下这三首诗。

吕洞宾见他形貌奇古，诗中的意境不凡，就问他姓名。此人说：“我是云房先生。居于终南山，你想跟我去吗？”吕洞宾虽有慧根，但尘缘也不是说撒手就撒手的，他还惦记着考试的事呢，于是没有答应。

这天晚上，钟离权和吕洞宾一同住在这家酒店中，吕洞宾睡着后就做了个梦，先梦见自己状元及第了，然后官场得意，子孙满堂。但乐极生悲，突然又因事获罪，家产抄没，妻离子散，分苦潦倒，只落下自己孤身一人立在风雪中发抖。（简直就是一个《红楼梦》精编快进版）。

吕洞宾怅然醒来后，只见钟离权还在煮一锅小米饭，这锅饭从他睡觉时就开始煮，这时还没煮熟呢。这就是非常有名的“黄粱梦”

▶《钟离权渡海图》赵淇（明）克利夫兰艺术博物馆藏
这幅图中的汉钟离果然不愧他武将出身，怎一句威风赫赫能形容。

的故事。吕洞宾从师父这儿学了这招后，曾依样画葫芦，也让人家尝尝“黄粱梦”的滋味，比如《邯郸梦》里点化“卢生”的故事，这是后话。

汉钟离和吕洞宾，形成道教中著名的“钟吕”一派，这一派摒弃了过去道教中烧丹炼汞的方法（丹药吃死过不少人，包括好多唐朝皇帝），而是通过类似气功的“内丹”修炼法来求仙，通过“内功”的修炼，确实有相当一部分人达到“人仙”这样的层次，像谭峭、陈抟、张三丰等，都是年过百岁而精神矍铄，不免让人们愈加相信道家和道教的理论对于缮性养生确有功效。

三 | 韩湘子

——我就是那个“离经叛道”的侄孙

▲《顾绣八仙庆寿挂屏韩湘子图》佚名（明）台北故宫博物院藏

八仙中最为英俊潇洒的帅哥就是韩湘子了，他身穿彩衣，手持花篮，口吹紫竹笛，相比之下，吕洞宾就有点老了，蓝采和虽然也是少年，但是破衣烂裳的叫花子打扮。

言志

韩湘

青山云水窟，此地是吾家。后夜流琼液，凌晨咀绛霞。
琴弹碧玉调，炉炼白朱砂。宝鼎存金虎，元田养白鸦。
一瓢藏世界，三尺斩妖邪。解造逡巡酒，能开顷刻花。
有人能学我，同去看仙葩。

这首诗相传是韩湘子所写，道出求仙修道是他平生的志向。所谓"解造逡巡酒，能开顷刻花。"是说他不一会就能造出美酒（古时造酒要费很长时间，用来发酵、蒸煮等），一霎时就能使百花盛开，这个本领，在有关韩湘子的故事里被屡屡提及。但这似乎并非韩湘子的绝技，《全唐诗》八六一卷中曾提过一个叫殷七七的仙人，曾写有一首《醉歌》道："琴弹碧玉调，药炼白朱砂，解酝顷刻湘酒，能开非时花。"相传晚唐节度使周宝拿他当师父看待。他于九月间作法，让鹤林寺的杜鹃花一齐怒放，还曾在屏上画美女，能唱《阳春曲》——"其音清亮，似从屏中出"。

韩湘子是大文学家韩愈的侄孙，我们知道韩愈奉儒家经典为正统，对佛、道一直非常排斥。他有这样一首诗，名叫《谁家子》："非痴非狂谁氏子，去入王屋称道士。白头老母遮门啼，挽断衫袖留不

◀《蟠桃八仙会图册》佚名（清）

止。翠眉新妇年二十，载送还家哭穿市……”这首诗的由来是，有个叫吕灵的河南人弃家学道，结果被地方官派吏卒剥了他的道士服，强制遣返回家去。韩愈老师听了，拍手称快。

然而，让韩愈面上无光的是，他的侄孙韩湘子却走上了求仙问道之路。据唐人段成式的《酉阳杂俎》中说，韩愈安排韩湘子在僧院里静心读书，但韩湘子根本无心仕进，整天看些道书，疯疯癫癫。韩愈大怒，要赶他走，责骂道：“市肆贱类营衣食，尚有一事长处。汝所为如此，竟作何物？”意思是说人家街上贩夫走卒，引车卖浆之流尚有一技之长，你能干点什么正事？

韩湘子说，我有一件绝艺，只是叔父你不知道罢了。随即他于隆冬之时，变出很多牡丹花来，整整装满了一个大花篮，青、紫、黄、赤各种颜色均有，都是世上罕见的品种，更为奇特的是，花上还有一联诗，字作紫色，题为："云横秦岭家何在，雪拥蓝关马不前。"

当时韩愈并不明白此诗的寓意，直到他后来上《论佛骨表》激怒了唐宪宗，差点被杀头，虽然罪不至死，但依旧被贬到广东潮州当刺史。去上任的路上但见愁云惨雾笼罩巍巍的秦岭，来到雪积冰封的蓝关，连马匹也畏寒不前。面对此情此景，这两句诗油然浮上心头。韩愈这才得知，韩湘子花上那两句诗是在预示着自己的命运。

于是，韩愈将这两句写入广为传诵的《左迁蓝关示侄孙湘》一诗中："一封朝奏九重天，夕贬潮阳路八千。欲为圣明除弊事，肯将衰朽惜残年。云横秦岭家何在，雪拥蓝关马不前。知汝远来应有意，好收吾骨瘴江边。"

在《全唐诗》中，还有一首韩湘子的诗：

答从叔愈

举世都为名利醉，伊予独向道中醒。
他时定是飞升去，冲破秋空一点青。

"他时定是飞升去，冲破秋空一点青。"写得很是生动，令人神往不已。如此超然物外，志可凌云，焉顾世间之鸡虫得失？仙家的情怀，可惜吾辈只有望空兴叹罢了。

四 | 蓝采和

——一个踏歌行乞的小孩

▲《蟠桃八仙会图册》佚名（清）踏歌而行的蓝采和，带给所有人的，永远是快乐。

踏歌

蓝采和

踏歌踏歌蓝采和，世界能几何。
红颜三春树，流年一掷梭。
古人混混去不返，今人纷纷来更多。
朝骑鸾凤到碧落，暮见桑田生白波。
长景明晖在空际，金银宫阙高嵯峨。

蓝采和也是八仙之一，他的形象最早出现在南唐沈汾的《续仙传》中。他一副叫花子的打扮，身穿蓝色的破衣裳，“夏则衫内加絮”—— 我没引错，夏天反而在衣服里加上棉絮，到冬天却“卧于雪中，气出如蒸”，仙人们常有“九夏迎日立，三冬抱雪眠”的功夫，看来蓝采和也颇具功力了。

蓝采和常常是一只脚穿了鞋，另一只脚却光着，手持两个大拍板，踏歌而行，如癫如狂。《全唐诗》中所收录的这一首，大概就是当时他口中所唱的。

蓝采和才思机敏，出言谐谑，好似单口相声，经常能逗得大家十分开心，因此有不少人慷慨解囊，打赏他。他得了钱，就在绳子上随意一穿，然后抛到身后拖着走，钱有时难免就会从绳上掉落，但他从不回顾。他得到的钱虽然不多，但还有时赠予其他的穷人。

“八仙”之中，包含了“男、女、老、少、富、贵、贫、贱”等各种形象，大概是喻示世间人无论是何等身份何等年龄的人，只要一心向道，均可得道成仙。蓝采和这个形象应该说是“八仙”之中最为年少而贫苦的。

◀《顾绣八仙庆寿挂屏蓝采和图》佚名（明）台北故宫博物院藏

『红颜三春树，流年一掷梭』成仙之后蓝采和的花篮中有四时不谢的仙葩。

相传在唐代，有人从儿提之时就看过蓝采和在街上踏歌行乞，等到这人变成古稀老翁，又看到了蓝采和。此人已老迈不堪，身形伛偻，可蓝采和的容颜相貌，竟没有半点变化。

《续仙传》中说，最后蓝采和在濠梁这个地方踏歌饮酒，于酣醉之时，飞上了天空，在云中将他的破靴、烂衫、拍板等都抛了下来，冉冉飞去，就此成仙了。

元代杂剧有《汉钟离度脱蓝采和》，看来按传说，蓝采和和吕洞宾一样，也是汉钟离的亲传徒弟。

“红颜三春树，流年一掷梭”，成仙后的蓝采和常手持花篮（韩湘子也有时拿花篮），内有四时不谢之仙葩，实在令人好生羡慕。

“蓝采和啊，醉酒当歌，红颜易老转眼桑田泛清波……”

五 | 张果老

——拒绝公主的小老头

▲《张果老幻驴图册页》殷奇（清）大都会艺术博物馆藏
原来国老的驴真的可以随意变换大小。

题登真洞

张果

修成金骨炼归真，洞锁遗踪不计春。
野草谩随青岭秀，闲花长对白云新。
风摇翠筱敲寒玉，水激丹砂走素鳞。
自是神仙多变异，肯教踪迹掩红尘。

前面说过，“八仙”的形象有男有女，有老有少，有贵有贱，而张果老无疑是一个年老成仙的形象。张果老相传是河北邢台人，他曾自称是帝尧时代的人，活到唐初，已有三千多岁了。

张果老的奇特之处还在于，他经常骑一头纸驴，这头驴仿佛是“充气玩具”一般，不用时可以折起来放在箱子中，用时吹一下气，喷一点水就成了活驴。而且他骑驴是倒骑，眼往后看。“张果老倒骑驴”的故事尽人皆知，用意据说是提醒世人不要只顾眼前，不顾身后。要说张果老骑着他的驴走过的地方还真不少，现在不少著名的旅游点，都有“张果老的驴蹄子印儿”。

唐代的历史资料中也有“驴蹄子印儿”——有关张果老的记载经常能看到，正史如《旧唐书》列传第一百四十一“方伎卷”中，就有张果老的传。说是他在武则天时，就隐居在中条山里修仙，人们众口相传他有长生秘术，还写过《阴符经玄解》一书。武则天听了，很感兴趣，就让人召他进京，结果张果老走到半路倒地装死，而且当时天气暑热，张果老的身体不一会就生满了蛆虫，让使者不得不信张果老是真死了。

《张果见明皇图》任仁发（元）故宫博物院藏

然而，到了唐玄宗开元二十一年（733 年），又有人见到张果老。于是恒州刺史韦济汇报给玄宗。玄宗派通事舍人裴晤去迎他入京，张果老还是不愿去，当着裴晤的面，就胡子一翘，咽气了，过了好一会自己才慢慢苏醒过来。这把裴晤吓得不轻，不敢逼他，于是快马驰还京城汇报给玄宗。

唐玄宗一听，觉得可能是请张果老的级别不够，改派中书舍人徐峤拿着盖了玉玺的国书隆重邀请。这次张果老才算答应了，到了东都洛阳，玄宗命人用肩舆（类似轿子）抬他入宫中。这礼节可够隆重的，大家看阎立本画的《步辇图》，只有李世民这样的帝王才有资格在宫中乘“肩舆”呢。

唐玄宗为了试验一下张果老到底有没有神通，派善算吉凶祸福的神算手邢和璞算一下张果老的来历。结果他一看张果老，竟然表现失常，茫然不知如何来算。还有一个叫夜光的人，具有能看见鬼影的本事，但让他看张果，他根本看不到，哪怕张果老坐在他面前，他都看不见。

唐玄宗见张果老一副老态龙钟的样子，不像传说中神采飘逸的仙人，就问道：“先生是仙人，怎么却发疏齿落？”张果老说：“我是活到了衰朽之时，才学道成仙的，因此落了个这等模样。”说完他就当着唐玄宗的面拔掉头发，击落牙齿，血流满口。唐玄宗吃了一惊，赶紧说：“先生你稳定一下情绪吧，我一会再来看你。”谁知，过了一会儿，张果老再见唐玄宗时，竟然容颜一新，一口洁白的牙齿，一头乌黑的头发，再无老颓之相，玄宗大为惊异。

这天，两位大臣来拜访张果老，相对叙谈。张果老突然说：“娶公主为妻，好可怕啊。”二人面面相觑，不知道他是何意。结果不一

▶《果老仙踪图》佚名（宋）台北故宫博物院藏

会儿，唐玄宗派的人来了，对张果老说：“玉真公主自幼好道，皇上想将公主下嫁给先生。”张果老大笑，坚决推辞了。此事证明张果老对世事有未卜先知的能力。

后来，唐玄宗在咸阳狩猎，捕获了一头鹿，张果老看见了说：“这是一头仙鹿，已经活了一千岁了。汉武帝元狩五年（前 118 年）时，我也曾经跟从皇帝在上林狩猎，生获此鹿，后来放生了。”唐玄宗说：“怎么就知道这是那头鹿呢？”张果老说：“汉武帝放生时，在鹿的左角处用铜牌做了标记。”一看鹿角，果有一块二寸大小的铜牌，文字已模糊难辨。唐玄宗又问：“元狩是什么时候？到现在已经有多少年了？”张果老说：“到现在有八百五十二年了。”唐玄宗回去后让史官察看史书，竟一点不差。大家都惊奇万分，要知道当时可没有庞大的数据库，张果老也不可能随身带笔记本电脑无线上网吧？

后来，张果老坚决要回山，唐玄宗于是封他为银青光禄大夫，赐号通玄先生。天宝初年，唐玄宗又想召见张果老，张果老听说之后忽然就死了，弟子们于是埋葬了他。张果老死了也不止一回了，唐玄宗知道他故技重施，于是开棺一看，只是一口空棺。虽然证明了张果老没死，但也无计可施。

张果老此诗中所说的“登真洞”，现在一说在邢台的五峰山，因为那里有奉唐玄宗的敕旨建造的栖霞观，相传是张果老成仙前最后的落脚处。另外一种说法是在甘肃省的两当县，在两当县东 15 千米处，有幽深莫测的原始森林，半悬空似崖壁上有一个数百米深的洞穴，此洞就是张果老修仙得道的“登真洞”。

正所谓“自是神仙多变异，肯教踪迹掩红尘”，其中的真伪，又何必多辨？

六 ｜ 许宣平

——我与李白当笔友

▲《溪山曳杖图》朱义（北宋）私人藏

许宣平是唐代是一个极富传奇色彩的“地仙”级人物，他和大诗人李白“见字不见面”的酬和，也是饶有趣味的一段佳话。

据《全唐诗》中的小传讲，许宣平是江南徽州歙县(今安徽歙县)人，于唐睿宗景云年间隐居在城阳山的南坞，自己搭了一间茅草屋居住。他形貌异常，身长七尺六寸，前有胡须长至膝盖，后有头发披至脚跟(晕，远看似乎是个毛人啊)，他的容貌看起来像四十来岁的样子，整天也不见他生火做饭，不知靠吃什么活着。

虽然不吃饭，但他走起路来，轻快如飞鸟，迅疾如奔马。他平时不下山，偶尔担柴入市贩卖，卖了钱是为了换酒喝。他柴担上挂着一只花葫芦和一根弯曲的竹杖，葫芦是用来盛酒的，而竹杖则是喝醉回山时拄着用的。

他喝了酒后，常常很得意地唱这样一首诗：

负薪行

许宣平

负薪朝出卖，沽酒日西归。路人莫问归何处，穿入白云行翠微。

许宣平的诗中，不说那些烧丹炼汞的“专业术语”，而是返璞归真，景也真，情也真，甚至比王维、孟浩然等的田园诗读起来更加恬淡质朴。许宣平的诗慢慢也流传开来，于是有好事者就把他的诗转题在通过长安的驿站墙壁上(那可是当时人气最旺的网络论坛)，适逢李白刚被唐玄宗“赐金放还”，功名之心渐消，求仙之意日盛。他于驿馆中看到许宣平的诗，惊叹道：“此仙诗也。”于是一路追访许宣平的踪迹，来到歙县。

然而，只见空山寂寂，月冷林深，李白找来找去，只找到许宣平所居的一处草庵，不见有许宣平的身影，土墙上题着这样一首诗：

庵壁题诗

许宣平

隐居三十载，石室南山巅。静夜玩明月，清朝饮碧泉。

樵人歌垄上，谷鸟戏岩前。乐矣不知老，都忘甲子年。

“乐矣不知老，都忘甲子年”，当真是超然物外，神仙一流的胸怀。无独有偶，相传一个名为太上隐者的也有诗道：“偶来松树下，高枕石头眠。山中无历日，寒尽不知年。”与这首诗应该是同一机杼。

这样的情怀，说起来容易，其实面临岁月的更迭，常会有“树犹如此，人何以堪”的感慨，就算是有些仙人也未能免。《全唐诗》第八六二卷曾提到一个被称作“酒肆布衣”的仙人，他于中唐贞元年间（相当于白居易年轻的年代）出现于酒馆中，疯疯癫癫地饮酒写诗道：“有形皆朽孰不知，休吟春景与秋时。争如且醉长安酒，荣华零悴总奚为。”有一老翁和他攀谈，他说：

“我来天地间一百三十春秋矣，每见春日煦和，不觉喜乐。到秋，未尝不伤而悲之也。非悲秋，悲人之生也。”

经历了百岁的沧桑，修成了地仙。对于春生秋杀的光景，依然不能无动于衷。

闲话不提了，且说李白读罢许宣平的诗，感慨良久。他在草堂前久候许宣平不至，又无人可询问，于是只好留下一首诗于墙上，然后怅然离去：

我吟传舍诗，来访真人居。烟岭迷高迹，云林隔太虚。
窥庭但萧索，倚柱空踌躇。应化辽天鹤，归当千岁余。

诗中所用的“辽天鹤”，是这样一个典故：相传辽东有个叫丁令威的人，学道成仙后化为仙鹤，后来又飞回故里，站在一个华表（类似天安门前石雕的那种）上高声唱：“有鸟有鸟丁令威，去家千岁今来归。城郭如故人民非，何不学仙冢累累！”李白在此，将之比成许宣平，意思是说他化鹤成仙去了。

许宣平当时并没有成仙“飞升”，只不过他不愿意见世间上的俗人，就算是大诗仙李白，他也不愿意相见。然而，他还是回复了李白的诗：

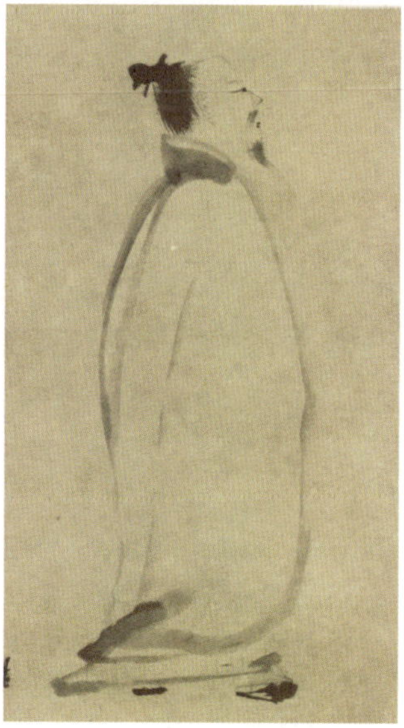

▶《李白行吟图》梁楷（南宋）东京国立博物馆藏
此时的画中人，我想是吟出『轻舟已过万重山』豁达自在的李白吧。

见李白诗又吟

许宣平

一池荷叶衣无尽，两亩黄精食有馀。

又被人来寻讨著，移庵不免更深居。

黄精是一种草药，古人以为“饵术黄精，令人久寿”。许宣平立志以荷为衣，以黄精为食，不沾半间人间烟火。他不愿显名于世上，不想要什么名气，更不以拥有众多“粉丝”为荣，听说高傲如李白者都慕名前来，他不但不欢喜，反而要“移庵不免更深居”——到更隐秘偏僻的地方躲起来，果真是“入山唯恐未山深”的奇情逸志。

据说，到了晚唐时的咸通七年（866 年，距李白时已过了二百多年），许宣平的后辈子孙中有个叫许明奴的。他家中一个老太婆上山去砍柴，遇到许宣平。当时许宣平坐在一块大青石上吃桃，容颜还是四十来岁的样子。他赠了一枚桃子给这个老太婆，老太婆吃了后，从此不再饥饿，行走矫健如飞，后来也躲进山中，再没有出来。

由此看来，经过这两百多年后，许宣平的“道行”又深了许多，能利用“仙桃”这样的物品来提升功力值，这是仙家中非常省时省力的办法。我们看《西游记》中，蓬莱岛上的“福、寿、禄”三位神仙，就对地仙老祖镇元子有人参果这种“超级补品”羡慕不已——“三老道：‘那果子闻一闻，活三百六十岁；吃一个，活四万七千年，叫作万寿草还丹。我们的道，不及他多矣！他得之甚易，就可与天齐寿。我们还要养精、炼气、存神，调和龙虎，捉坎填离，不知费多少工夫’。”

有人传说，以柔克刚的太极拳法始创者就是许宣平。许宣平的太极拳有三十七式，又称长拳。打起来可以相继不断，绵绵不绝。据说该拳法流传数百年后，于明初传于宋远桥（金庸小说中说是张三丰的大弟子），宋氏后人将之视为家传绝技。直到近代辛亥革命时期，宋氏后人宋书铭才将拳谱公开。

自唐代后，人们就一直将许宣平当作一个仙人来景仰膜拜，宋代的陈允平曾有《许宣平祠》一诗赞道：

开元遗逸士，终老紫阳樵。市上人犹说，山中隐可招。

乾坤双草履，日月一花瓢。堪笑骑鲸者，相逢弱水遥。

七 | 芙蓉古丈夫毛女

——古墓派的创始人？

▲《毛女图》孙珏（明）费城艺术博物馆藏

还记得在电影《神话》中，那个前生是秦朝武将的探险者，成功闯入秦始皇地宫后，遇到他梦中经常见到的白衣女子——玉漱公主。这个公主是秦始皇的宠妃，因服了不死药，居然经历了两千多年不死，连那身白衣都一尘不染，不朽不坏。

这样的故事听起来十分离奇，却是“古已有之”。《全唐诗》中就记载，有秦始皇时的一男一女隐居在荒山中，历经千年不死。

人们把男的称为“古丈夫”，他本是在骊山修陵的役夫，相传秦始皇陵完工时，上面下令将役夫全部杀死，以防人们得知陵墓的秘密。但不知“古丈夫”有何办法竟然得以逃生。

女的则称为“毛女”，因为她们逃入深山后，靠吃松子松叶生活，天长日久，就长出一身绿毛来（和“白毛女”喜儿不一样，她们怎么是绿毛？），而且身轻体健，能飞空而翔。

毛女，有记载说她的名字为“正美”，因此也称“毛女正美”。但另有说法是，她叫“玉姜”，“正美”和“玉姜”字形相近，当是传写过程中发生了形讹所致，到底真是哪一个名字，一时难以确考。于是有人干脆就折中一下，称“毛女”名玉姜，字正美。不过这不大像，古人的名和字是往往是有关联的。这两个名字，其中只有一个是真的，依我看，“玉姜”倒比较像人名，也和电影《神话》中“玉漱”那个名字相近。

唐宣宗年间，相传有陶太白、尹子虚这二人，到芙蓉峰采药，遇见了“古丈夫”和“毛女”。他们见到有外人来此，也知自己一身绿毛，十分羞惭。于是奔入洞穴中换了衣服出来，男人“古服俨雅”，女的“鬟髻彩衣”。陶、尹二人拿出酒来给他们喝，他们十分高兴，喝了酒后，“古丈夫”折松枝叩壶吟诗道：

吟

饵柏身轻叠嶂间，是非无意到尘寰。

冠裳暂备论浮世，一饷云游碧落间。

他的意思是说，以松柏为食，得以身轻如燕，飞翔于层峦叠嶂间，无意再到尘世间去招惹是非，如今暂时穿上衣冠谈论一下浮世中的事情，但我们不能留恋，一会就再回到青山白云之中，过我们的生活。

古丈夫虽然是秦代人，但居然也学会了唐代的格律诗，看来也是很会“与时俱进”的。不过，古丈夫这首诗很有问题，第一句韵脚是“间”字，最后一句的韵脚还是“间”字，这是绝对不允许的，不知是后人抄误了，还是“古丈夫”这位秦朝人不懂规则。

而随后“毛女”和的这一首诗，倒是中规中矩：

谁知古是与今非，闲蹑青霞与翠微。

箫管秦楼应寂寂，彩云空惹薜萝衣。

“毛女”诗中的意思也差不多，也是说不管古今的是非，在青霞与青山间逍遥自在，当年秦宫的箫管秦楼都寂灭无影，如今身着薜萝野蔓织成的衣服，虽有彩云招惹，却无动于心。

“古丈夫”和“毛女”吟完了诗后，赠给陶、尹二人一些珍贵的草药，然后就飞身而去，消失在深山密林之中了。

关于“毛女”的传说，比“古丈夫”要多一些。华山主峰西北面的毛女峰上有一个叫“毛女洞”的景点，这个地方是一个天然石龛，

◀《毛女图》佚名（明）费城艺术博物馆藏

就龛建庙，供奉着毛女彩绘坐像一尊。《全唐诗》中还有两首题为“毛女正美”（根据上面的解析，此人就是“毛女”）的诗：

赠华山游人

毛女正美

药苗不满笥，又更上危巅。
回首归去路，相将入翠烟。

曾折松枝为宝栉，又编栗叶代罗襦。

有时问却秦宫事，笑捻山花望太虚。

这两首诗相传是“毛女”遇到华山上的游人时所酬答的，她以松枝为发簪，栗叶为罗裙，清高出俗，不染人间烟火。对于秦宫中的往事，她不愿再提，因为回首前尘，早已付诸一笑，如同旧梦，还提来做什么呢？

◀《寿》陈抟（北宋）中央美术学院图书馆藏

《喻世明言》中有这样一段：

话说陈抟先生，表字图南，别号扶摇子，亳州真源人氏。生长五六岁，还不会说话，人都叫他“哑孩儿”。一日，在水边游戏，遇一妇人，身穿青色之衣，自称毛女。将陈抟抱去山中，饮以琼浆（有的故事中说是毛女把陈抟抱到怀里，喂了陈抟几口奶，不过“喂奶”一事说起来不甚雅观），陈抟便会说话，自觉心窍开爽。毛女将书一册，投他怀内，又赠以诗云：“药苗不满笥，又更上危巅。回指归去路，相将入翠烟。”

陈抟……十八岁上，父母双亡。便把家财抛散，分赠亲族乡党。自只携一石铛，往本县隐山居住。梦见毛女授以炼形归气、炼气归神、炼神归虚之法，遂奉而行之，足迹不入城市……

看来陈抟老祖的一身神通都是由毛女来传授的了。不过也有“理性”的考证家们说陈抟是借“毛女”来神化自己而已，这两首“毛女”的诗作，其实都是陈抟写的，其实“毛女”本属缥缈虚无的传说，不值得当真推敲，此处就不一本正经地考据了。

附：叶法善

这里之所以把叶法善列入附带的“又副册”，是因为他的道行远没有达到“地仙”的境界。叶法善的生卒档案非常清楚，他生于公元616年（当时皇帝还是隋炀帝哪），卒于开元八年（720年），足足活了一百零四岁。虽然在当时也是罕见的高寿，但毕竟没有达到长生不死的“地仙”境界。当然，前面所说的“地仙”们，如许宣平之类是否真的就长生不死，也难说，但谁让叶法善的档案材料这样全，于是只好把他安排到“又副册”了。

《全唐诗》中有这样三首叶法善的诗作，说是叶法善临终之时留在座侧的：

留诗

叶法善

昔在禹馀天，还依太上家。忝以掌仙录，去来乘烟霞。
暂下宛利城，渺然思金华。自此非久住，云上登香车。

适向人间世，时复济苍生。度人初行满，辅国亦功成。
但念清微乐，谁忻下界荣。门人好住此，翛然云上征。

退仙时此地，去俗久为荣。今日登云天，归真游上清。
泥丸空示世，腾举不为名。为报学仙者，知余朝玉京。

叶法善这三首诗，读起来香烟缭绕，如同嚼蜡，全是经文符箓的味道，因此就不费劲地一一剖析了，这三首诗大意无非告诉弟子们和世人，他本是上界的神人，来世上度化众生，如今期限已满，要回到天上去了。

叶法善的诗写得平平无奇，但有关他的传说倒有不少：和帝王生时有“异象”一样，相传其母梦见流星飞入口中，就有孕生下他。七岁时，沉没在江中，大家都认为他死了，而三年后回来了。说是有一

◀《明皇游月宫图》周臣（明）故宫博物院藏

个“青童仙子”收留了他，给他“云浆”喝（这和陈抟故事相似，如有雷同，实属巧合？）。

叶法善长到二十来岁，就身高九尺，额头上有两个“午”字。虽然相貌很威武，但他的性情十分淳厚温和。相传叶法善能用符搬起挡路的巨石，役使各路鬼神。

叶法善是那种经常出入于宫庭，参与政治比较多的人。不过他比较正直，提的建议倒很不错。唐显庆年间，唐高宗李治就邀他进宫，并想招集“诸方道士”，以叶法善为领导，主持炼丹工程。这可是个能“捞钱”的好活儿，不少骗子大发其财，可叶法善说，“金丹难就，徒费财物，有亏政理，不妄虚糜”，推掉了这个利润丰厚的“大蛋糕”。

据说还有一次，叶法善直接救了玄宗皇帝一命。当时有吐蕃国的使者来献宝，带来了一个木匣子。使者神神秘秘地说：“此物必须请陛下亲自打开，以免泄露了其中的机密。”玄宗一时也拿不定主意，却见叶法善毅然说道：“此物大凶，陛下不可擅开！”并坚持主张让吐蕃使者自己来开。结果吐蕃使者开时，匣子里飞出数枚毒箭，一下子就把吐蕃使者当场射死，好恶毒啊！看来木匣有暗器这事，连吐蕃使者本人也不知道。玄宗当时出了一身冷汗，惊魂稍定后，不免对叶法善厚加封赏，对他更加信任。

有一年元宵节时，唐玄宗令结彩楼三十余间，饰以金玉翡翠，高百余丈，豪华至极，酷似如今亿元大片中的瑰丽场景。群臣纷纷称颂，但一同观灯的叶法善说：“彩灯之盛，国无比矣？但奢靡过甚，无益于国。”

这大概倒是历史上真实的叶法善，但在传说中，叶法善并没有劝谏玄宗，反而为了哄玄宗高兴，先是带他飞到凉州去观灯游赏，后来又带玄宗飞到月宫聆听天上的乐曲。有人说《霓裳羽衣曲》就是玄宗听了天上的仙曲后改编的，留下“唐明皇游月宫”这样一个故事，并作为艺术题材，屡屡出现于后世的书画、雕刻等作品中。

叶法善大概是符箓派的道士，经常用“符”当作很有威力的武器。不过传说中也有好多自相矛盾的地方，叶法善能带唐玄宗飞到月宫游玩，这本领几乎和孙悟空相当了，却又有故事说他的本领远不及张果老。

相传唐玄宗召见了张果老后，曾向叶法善询问其来历。叶法善说：“我知道是知道，只是说不得。”玄宗问：“为什么？”法善道：“臣说了必死，故不敢说。”但玄宗定要问他，法善只好说出真相：“张果老是混沌初分时的一个白蝙蝠精……”刚说的这一句，就七窍流血倒在地下，玄宗急忙向张果老求救，这才让叶法善留了一命。

有关叶法善的传说还有很多，不过他常以配角的形象出现，看来道行就是不过硬，评不上“地仙职称”也是理所当然的。

卷三

果然艺术源于生活
高于生活

相传狐精及树怪、花妖之类，是这些动植物吸取了天地灵气后而成的，而鬼则是人死后所化，并有新鬼大，旧鬼小之说，据说隔了很多年的鬼，就消散无形了，看来鬼的灵气也是像放射性原子核一样不断衰变的。

而狐怪则有所不同，它们是年岁越长，本领越大。**在诗歌浸透整个社会的大唐，这些并非人类的精怪也纷纷吟诗唱和。《东阳夜怪录》中，骆驼、驴、牛、狗、鸡、猫、刺猬这些成精的动物聚在一起搞“文学沙龙”，煞有介事地吟诗为乐，而且“喧论达晓”，场面极其热闹，文士派头十足。**

一 | 东阳夜怪

——大唐版动物“茶话会”

▲《山海百灵图》佚名（明）弗利尔美术馆藏

唐宪宗年间，一个叫成自虚的进士行走在阴风凄厉、飞雪漫天的黄土路上（典型的鬼片布景手法），走着走着，仿佛迷失了道路。古人又没百度高德地图来导航，所以找不到当地人当向导，就没办法找方向。眼见天色已晚，路上一个人影也没有，只好到荒僻山村间的一个破庙中暂避一晚。

这个破庙里只住着一个名为安智高的病僧，其实是头骆驼精，“安”其实指的是“鞍”，意思是说它的“鞍子高”。可不，驼峰之上的鞍子，比马、驴之类可要高多了。呵呵，它倒真会起名。

这位驼精出口文雅，自陈道:“贫道俗姓安，生在碛西，本因舍力，随缘来诣中国……”这样一听，恰似一位西域高僧，远行而来，情形十分合卯合榫。成自虚听他器量不凡，于是和他谈得很是投机。不一会，又有一大群“人”前来，听他们相互打招呼间的语气，都是病僧安智高熟悉的朋友。当时屋里一片昏暗，没有灯烛可点，成自虚根本看不清众人面目，只有其中一个坐在房檐下的，借着雪光映照，仿佛见他穿着黑皮袍，背部和肋下打着白补丁。

黑暗中这些“人”团团而坐，彼此通名报姓。只听一“人”自称是“前河阴转运巡官卢倚马”，“卢倚马”，当然就是驴了。看人家取的这个名，人家不叫“马户”，人家叫卢倚马，大有“日赋千言，倚马可待”的意味。它也真会吹牛，整天驮着东西被赶着走路，居然成了“河阴转运巡官”，真好笑。

另一“人”自称是“副轻车将军朱中正”，所谓“朱中正”，是说“朱”字正中的部分，其实就是牛。牛精也挺搞笑的，还自称别号“桃林客”，这个典故取自《尚书》:“放牛于桃林之野。”别说，人家牛精的国学知识还挺深的。

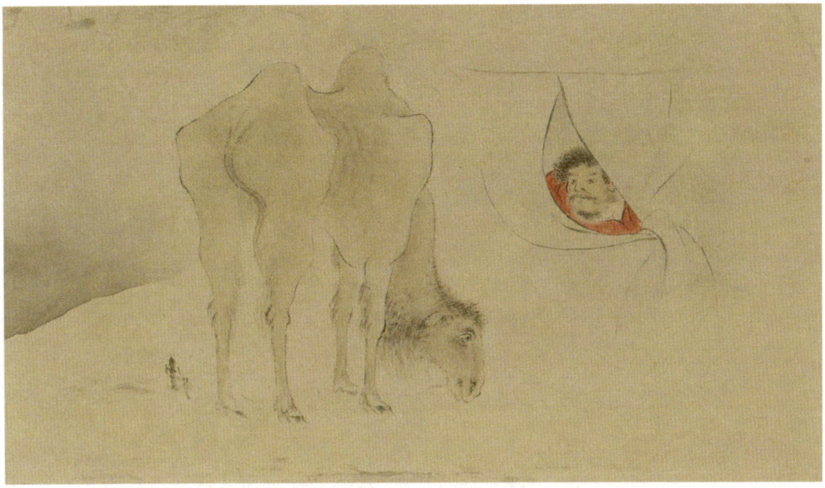

《寒驼残雪图》华喦（清）故宫博物院藏

书归正传，接下来这二“人”倒没怎么大夸海口，一“人”称名“去文，姓敬”，敬字去掉反文，是苟字，这“人”是狗精。另一个自称“名锐金，姓奚”，“奚”是鸡的繁体字（雞）的左边部分，而“锐金”是说斗鸡时，鸡脚上带的金属尖刺，所以这个是鸡精。看人家这名多雅致，俺不叫“又鸟”。

驴精卢倚马先提及骆驼精安智高写过的一首好诗，并念诵道：

东阳夜怪诗

（安智高咏聚雪为山）

谁家扫雪满庭前，万壑千峰在一拳。

吾心不觉侵衣冷，曾向此中居几年。

▶《雪山运驴图》佚名（元）弗利尔美术馆藏

成自虚听了，有些不明其意，驼精安智高解释说：“我有一年偶然见小孩子堆雪山玩（故有“万壑千峰在一拳”之说），不禁想念起西域家乡的雪山来，即便是那边严寒彻骨远甚于此地，但那是生我的故乡，我还是怀念不已。”

众人（严格说，只有成自虚一个是人）听了，纷纷嗟叹。驴精卢倚马也感慨自己劳碌辛苦，“慨然有山鹿野麋之志”（当然了，人家山鹿野麋之类不用拉车挨鞭子，多自在），吟诗道：

东阳夜怪诗
（卢倚马寄同侣二首）

长安城东洛阳道，车轮不息尘浩浩。
争利贪前竞著鞭，相逢尽是尘中老。

日晚长川不计程，离群独步不能鸣。
赖有青青河畔草，春来犹得慰羁情。

别说，骂人时经常说“蠢驴”，但人家“卢倚马”这两首诗还写得不错，像“争利贪前竞著鞭，相逢尽是尘中老”，比起名宿大儒的句子也毫不逊色。而且第一首很有哲理，仿佛是看透世情的高人见识。只是第二首中，像“离群独步不能鸣”，“春来犹得慰羁情”（此句“慰”暗指“喂”，“羁”暗指“饥”）有了些“驴味”。

牛精朱中正兴致极高，竟将这次聚会比成是西汉时梁孝王刘武当年的兔园大会，兔园即旧小说中经常提到的“梁园虽好……”这句话中的梁园。当年梁孝王也是文学青年，热心于文学事业，曾邀请司马相如、枚乘这样的文坛大腕与会。牛精再三邀请驼精安智高多吟几首，进士成自虚也苦苦请求，于是这个安智高又吟诵了以下两首：

东阳夜怪诗

（安智高病中自述二首）

拥褐藏名无定踪，流沙千里度衰容。
传得南宗心地后，此身应便老双峰。

为有阎浮珍重因，远离西国赴咸秦。
自从无力休行道，且作头陀不系身。

这首诗也处处双关，“拥褐”本指披着破袍子，这里驼精安智高借指身上的褐毛。而老双峰，一方面指自己身上的两个驼峰，一方面又指唐永徽五年(654 年)，佛教五祖弘忍到湖北黄梅县双峰山东面建立东山寺，其弟子慧能后来开创南宗一派这样一个典故。

第二首诗中，“阎浮”是佛家语，指现实世界，大意是说因心恋尘世，才远从西域来到长安，后来病弱无力，做一个不受约束的“头陀”。事实上的情况是它病得驮不动东西了，被丢在这里自生自灭。

这时狗精敬去文也兴致勃勃地将一首曾献给“曹州房”（一匹马）的诗念给大家听：

东阳夜怪诗

（敬去文咏雪献曹州房）

爱此飘飖六出公，轻琼冷絮舞长空。
当时正逐秦丞相，腾踯川原喜北风。

这是狗精叙述雪天里随主人去打猎的情景，“六出公”是指雪花，而“秦丞相”是用了这样一个典故：秦朝时的丞相李斯临刑前对他的儿子们慨叹：“吾欲与汝复牵黄犬、臂苍鹰，出上蔡东门逐狡兔，其可得乎？”

这首诗中，由于用了这一典故，读来“狗味“太浓，不如前面的诗含蓄。

鸡精奚锐金也念出自己的三首诗，说的都是鸡的生活情景：

东阳夜怪诗

（奚锐金近作三首）

舞镜争鸾彩，临场定鹘拳。
正思仙仗日，翘首仰楼前。

养斗形如木，迎春质似泥。
信如风雨在，何惮迹卑栖。

为脱田文难，常怀纪渻恩。

欲知疏野态，霜晓叫荒村。

所谓“舞镜争鸾彩”，是用了山鸡舞镜的故事。南朝宋时刘敬叔所著的《异苑》卷三曾说有人给皇帝进贡了一只山鸡，但山鸡一直不舞。有人想了个办法，在这只山鸡面前竖一个大镜子，山鸡为了和镜子中的影子斗美，就舞了起来。

▶《空林坐狗图》佚名（元）克利夫兰艺术博物馆藏

而“鹘拳”本指鹰爪，这里借指斗鸡时鸡的利爪。接下来的“仙仗”“仰楼”之类，都是写皇家斗鸡时的情景。“形如木”是庄子寓言中的典故，也是“呆若木鸡”一成语的由来，说是斗鸡时，最厉害的鸡是一个叫纪渻的人所养的鸡，这些鸡看起来却木讷得如雕塑一样，看似又笨又呆的，但那些看似威武雄健的鸡统统不是对手，下面的“常怀纪渻恩”就是此意。

田文是孟尝君的名字，用了“鸡鸣狗盗”的典故。说是孟尝君连夜逃出城关时，当时有令要等天明鸡叫时才能开城。但如果等到天明，不免会有追兵寻来，就逃不成了。这时候有门客擅于装鸡叫，于是他啼叫了几声，全城的鸡也跟着叫了起来，门吏当时没有钟表，以为马上天亮了，于是就开关放行。

当然，假如有人较真，会说帮孟尝君过关时，是一个门客装的鸡叫，鸡们并没有什么功劳。当然了，奚锐金先生也可以辩道，当时要不是全城的鸡都跟着叫，把守城门的兵将怎么会确认到了开城的时间了？琢磨一下，倒还真有这个理儿。

唉，这鸡精一味铺陈典故，让我讲得口干舌燥，十分费劲，用五笔打字的都知道，有时候打“典故”这一词时，常出来的是“贼”这个字，如果写诗时像鸡精奚锐金这样用典，可曰典故真如贼也。

不过当时，鸡精吟罢，黑暗中还是发出啧啧赞叹声。这时驼精安智高又说，别看朱中正（牛精）自称将军，其实他的诗写得也很出色啊！并大谈佛门中的道理，“多生有缘”方能使众鸟同宿一树。以此劝人珍惜这次盛会。

牛精朱中正见盛情难却，也就不推辞了，念出自己的诗：

▶《怪奇鸟兽图卷粉本》（明清）

东阳夜怪诗

乱鲁负虚名，游秦感宁生。候惊丞相喘，用识葛卢鸣。

黍稷滋农具，轩车乏道情。近来筋力退，一志在归耕。

都说辛弃疾有“掉书袋”的毛病，我看这些“鸡精”“牛精”绝对不逊于他。其实好诗不在用典多少，水平差的人才一味用典故装点。

这里简略说一下“牛精”诗中所说的典故：“乱鲁”是春秋时鲁国一个名叫“竖牛”，后来作乱闹事的人，并不是真的牛。而且这人名声很坏，“朱中正”提及此事，并不能为脸上贴金，只能往自己头上扣屎，毫无意义。

“宁生”是春秋时的名相，年轻时曾以放牛为生，“丞相喘”则是指西汉时丞相丙吉不顾路上有人杀人，却关心一旁热得喘粗气的牛。有人大惑不解，但丙吉解释说，杀人的事自有巡捕等“执法部门”管理，丞相只管大事，现在牛热得喘气，是天气不正常，会影响农事，这才是大事。

“黍稷滋农具，轩车乏道情”，则是这头“牛精”说牛的本分是耕田，行道拉车不是它的职责，近来它的力气锐减，更加想念田地中的那种生活。

◀《怪奇鸟兽图卷粉本》（明清）

▶《猫图轴》汪士慎（清）上海博物馆藏

过了一会儿，又来了一个叫苗介立的“人”，其实是个“猫精”（但《聊斋》有个叫苗生的，是虎精。常言道“比猫画虎”，难道虎也随猫的“姓”？），大家知道，猫和狗一般不和，经常掐架，我家的狗打不过猫，猫常凑近狗，猛抓一下，然后就迅速上房上树跑了，狗虽然吠声极响，看上去气势汹汹，但并不占便宜。

“猫精”苗介立一来，“狗精”敬去文就悄悄说它的坏话，说它蠢笨无能，只会讨好主人之类，不想被猫精听到（猫的耳朵可是很灵敏的），于是“苗介立”大怒，说我本来不想邀名，现在有人这样讽刺我，我不得不把我的诗也念出来让大家评一下，于是它说道：

东阳夜怪诗

为惭食肉主恩深，日晏蟠蜿卧锦衾。
且学志人知白黑，那将好爵动吾心。

“猫精”这首诗，倒没有堆砌典故，句句切合猫的身份：经常吃肉、白天在锦褥上睡觉（日晏蟠蜿卧锦衾），能在暗处辨黑白（猫是色盲，看东西都是黑白二色的，这个古人也知道？）。最后这句“那将好爵动吾心”，字面上说的是“爵位”，其实“爵”通“雀”，是猫喜欢捕捉的小动物之一。

跟随“猫精”而来的，还有一对刺猬兄弟，哥哥叫胃藏瓠（藏瓢下之意）、弟弟叫胃藏立（藏于斗笠下）。猫精夸赞了一番这哥俩，还说它们有《题旧业》一诗，非常出色，于是刺猬哥哥念道：

东阳夜怪诗

（胃藏瓠题旧业诗）

鸟鼠是家川，周王昔猎贤。
一从离子卯，应见海桑田。

刺猬精似乎没有别的东西可夸耀，就像现在某些地方“文化搭台，经济唱戏”时生拉硬扯攀亲戚一样，把渭水河当成它们的骄傲。像“鸟鼠是家川，周王昔猎贤”，说的就是渭水，“鸟鼠山是渭水的源头”，周文王在渭水边遇到姜子牙。“一从离子卯”，则是说这样一回事，古人相传刺猬是由老鼠和兔子变成的。

刺猬精还谦逊道：“兄揄扬太过，小子谬当重言，若负芒刺。”一时间众精怪都掩口而笑。可不，它们做刺猬的，整天就是“若负芒刺”啊。

狗精敬去文不屑于听猫精、刺猬精发言，于是他来到进士成自虚身边“私聊”，并又念了自己的两首旧作给他听，以明其志：

东阳夜怪诗
（敬去文言志二首）

事君同乐义同忧，那校糟糠满志休。
不是守株空待兔，终当逐鹿出林丘。

少年长负饥鹰用，内愿曾无宠鹤心。
秋草驱除思去宇，平原毛血兴从禽。

这两首诗中，“狗精”无非说它向往当年和老鹰一起出发，随主人打猎的情景。其中的成自虚听了这些“人”的诗作，兴致极高，正想着把自己的诗也吟出来请大家共赏，没有想到此刻晨钟响起，这些“人”一下子全都销声匿迹了。

成自虚很是惊奇，呼唤了几声，没有人答应。此刻曙光微露，他四处找寻，看到屋子北墙下有一匹病骆驼卧着（这就是“老僧”安智高），北窗下有一个黑驴，脊背上有三处磨破的疤，长着白毛（这就是“卢倚马”，即前文中所说，仿佛穿着黑皮袍，背部和肋下打着白补丁的），房梁上蹲着一只老公鸡（“奚锐金”），秸垛上睡着一个大花猫（“苗介立”），距它一尺远处有个破葫芦瓢，旁边有个破斗笠，踢开后一看，果然有两只刺猬，在那里蠕动。

成自虚心下有些明白了，上马走出村了。大道旁有个废弃的木栏圈，里面一头病牛卧在雪里吃草（“朱中正”），而距此百步远，粪堆边一只狗（敬去文）斜着眼一直看着他。

成自虚后来遇到另一个进士王洙后，和他讲述了这些奇怪的事情，并记录下来，成为《东阳夜怪录》一文，流传至今。在这个故事中，各种动物都会吟诗，非常好玩，很像童话寓言中的桥段，借用那些动物的口，来隐喻当下的社会现象。

《西游记》第六十四回中有“木仙庵三藏谈诗”这样一段文字，和唐僧谈诗论道的都是一些“树精”：“十八公”是松树，“孤直公”乃柏树，“凌空子”乃桧树，“拂云叟”其实是竹竿，“赤身鬼”则是枫树，“杏仙”即杏树，女童为丹桂、腊梅。

按说这些精怪都是“植物类”，又是懂诗的“人”，只不过“杏仙”对唐僧表达了一些爱意，却招来八戒不论好歹，一顿钉耙，连拱带筑，把这几棵蜡梅、丹桂、老杏、枫杨俱挥倒在地，根下渗出鲜血淋漓。唐僧心下不忍，劝了两句，却被孙悟空说：“师父不可惜他，恐日后成了大怪，害人不浅也。”于是八戒索性一顿耙，将松柏桧竹全都筑倒。

可惜啊，杏仙真是遇人不淑，遇到唐僧这样的木头疙瘩，不解风情，又遇到八戒这样的不通文墨，焚琴煮鹤，辣手摧花。假如杏仙遇上的是宁采臣那样知书懂诗，温柔体贴的书生，故事又将是如何呢？

有人觉得“东阳夜怪”的故事，脱胎于牛僧孺《玄怪录》中的一则故事，这个故事中，故杵、灯台、水桶、破铛几个怪物还联句写成下面这样一首诗：

维扬空庄四怪联句

齐纨鲁缟如霜雪，寥亮高声予所发。——故杵

嘉宾良会清夜时，煌煌灯烛我能持。——灯台

清冷之泉候朝汲，桑绠相牵常出入。——水桶

爨薪贮泉相煎熬，充他口腹我为劳。——破铛

故事中说唐代宗年间，兵荒马乱、十室九空。有个叫元无有的人（“东阳夜怪”中的主人公叫成自虚，这个叫元无有，看来编故事的暗中告诉我们是说着玩儿），在维扬这个地方的空庄里避一下风雨。雨止月出之后，见有四个衣冠各异的人互相吟诗联句，等到天明，就倏地一下不见了，堂中唯有一个捣衣服用的旧杵（故杵）、一个黑乎乎的灯台、一个黄木水桶，外加一个黑铁破锅（破铛）。

这些精怪的吟诗联句里，说的都是自己的“本职工作”，故杵说自己捣衣的功劳，什么“齐纨鲁缟”这样布料都是经过它的捣制（古

▶《百鬼夜行图卷》室町时代（1336—1573年）

人衣料为葛麻，很硬，须捣制变得柔软后才能穿）；而灯台则说嘉宾集会时，它用来照亮筵席；水桶则说汲水时不能没有它；破锅则“自我表扬”了它为人们充腹填饥，不惜劳损自己的精神。

“维扬四怪”这样的做法，倒是承袭了古意，相传最早的联句诗是汉武帝时的“柏梁台诗”，那首诗中也是群臣“自我述职”的大汇报，大将军卫青说：“和抚四夷不易哉”、廷尉杜周（管刑狱的）就说：“平理请谳决嫌疑”大司农张成（管农业的）则说：“陈粟万石扬以箕”……

看来唐代真是一个**被诗歌浸透了的时代，不但上至皇帝，下至奴仆，无不知诗爱诗，就连这些精灵怪物，也像模像样地学诗，唐诗之不可企及，正在于此。**

二 | 原陵老翁（狐精）

——谁说狐狸精都是女的！

▲《怪奇鸟兽图卷抄本》（明清）

提起狐仙，故事一大箩筐。狐狸看起来充满灵气，据说还喜欢收集瓶子、鞋子、花布什么的，所以自上古时代就有这样的传说：大禹在涂山爱上一只九尾白狐，并和她生下启——夏朝的开国君主。说什么“三过家门而不入”原来也难抵挡狐狸精啊。

现在“狐狸精”这个词，一般用来形容那些媚惑男人的女人。骆宾王的《为徐敬业讨武曌檄》中就骂武则天：“掩袖工谗，狐媚偏能惑主。”《封神演义》中塑造的妲己形象，更是狐狸精的代表。

当然，《聊斋志异》中的不少狐精，是相当可爱的，这些狐狸精不但无怨无悔、不计报酬地给男人们红袖添香的慰藉，有的甚至还能帮助他们发家致富，光耀门楣，上哪儿能找到这样的好事？

当然，狐狸精并非全都是女的，狐狸幻化为人形时，也可以是老翁、老太婆、少年郎之类的。晋朝郭璞的《玄中记》中曾说：“狐五十岁，能变化为妇人，百岁为美女，为神巫，或为丈夫与女人交接，能知千里外事，善蛊魅，使人迷惑失智。千岁即与天通，为天狐。”

《阅微草堂笔记》中也有过这样的叙述，说是狐狸根据性别和修行程度的不同，分为好多种，其中最为厉害的称作“天狐”，它神通广大，“能摄此人于千万里外，凡名山胜境，恣其游眺，弹指而去，弹指而还，如一室也”，这速度，不亚于孙悟空的“筋斗云”。

狐仙报恩的故事，《聊斋》里有好多，但《全唐诗》中这个原陵老翁，是一则狐仙报仇的传奇。

唐中宗神龙年间，有个叫何让之的人，出发到洛阳去。正逢春暖花开，和风拂柳的上巳（三月初三）之时，游春的仕女们冠盖云集。何让之来到老君庙这个地方，庙后有三个大土丘，相传是东汉时的陵墓，其中就有汉光武帝的坟（原陵）。

何让之大概是想寻一个高处，俯视一下赏春的美女们，于是就向这几个大土丘走去。只见别的陵墓多是光秃秃的，只有其中的一座大坟上长着三四棵古柏，但都大半中空，想来是枯死了。古柏下边是一块大磐石，可以容下几十人坐在上面。石上有一老头昂然而坐，神貌古异。虽然他的鬓发和眉毛都白了，但是精神矍铄，衣冠庄重。只听他吟道：

原陵老翁吟

原陵老翁

野田荆棘春，闺阁绮罗新。
出没头上日，生死眼前人。
欲知我家在何处，北邙松柏正为邻。

这首诗中的“出没头上日，生死眼前人”，意境悠远旷达，倒是相当不错。何让之心里暗暗讶异，但他又品味诗中有“北邙松柏正为邻”这一句，所以觉得眼前这个老头并非是人类，而是妖狐一类。不然怎么会住在北邙山那样的坟地里？这时听得老翁又接着吟道：

洛阳女儿罗绮多，无奈孤翁老去何。

▶《怪奇鸟兽图卷粉本》（明清）

何让之这人的胆子很大，脾气挺怪，冲上去就想把这个老翁抓住。老头见何让之来得凶猛，一下子就跳到大坟的后面，坟后有个大窟窿，老头一下子就钻了进去，何让之紧追不舍，也窜了进去。

大坟里没有半点灯烛之光，刚一进去，漆黑难辨，那老翁这时已化为狐形，只见有一只狐如箭般飞快跳出，尾巴还闪着火焰。

过了一会，何让之渐渐能借着外边的光亮看到东西了，只见狐狸的洞窟里，东边有一桌筵席，早已被吃得一干二净，只剩下杯盘狼藉。西边有一个几案，上面放着朱盏笔砚之类，有一帖文书，纸作惨灰色，很陈旧的样子，文字则一点也看不懂，第一篇写：

正色鸿桼，神思化代。穹施后承，光负玄设。呕沦吐萠，垠倪散截。
迷肠郗曲，霌零霾曀。雀燬龟冰，健驰御屈。拿尾研动，袾袾晰晰。
泯用秘功，以岭以穴。栀薪伐药，莽樑万茁。呕律则祥，佛伦惟萨。
牡虚无有，颐咽蕊屑。肇素未来，晦明兴灭。

另一篇写：

五行七曜，成此闰余。上帝降灵，岁旦涒徐。蛇蜕其皮，吾亦神摅。九九六六，束身天除。何以充喉，吐纳太虚。何以蔽踝？霞袂云裾。哀尔浮生，栉比荒墟。吾复丽气，还形之初。在帝左右，道济忽诸。

最后题有“应天狐超异科策八道”的字样。这大概是狐狸们修炼成天狐的教材大纲吧？附带说一下，《观林诗话》一书中，记载温庭筠曾录下“狐书”一段，与此处这两篇相同，因此虽然这两段文字晦涩不明，也照录在此处，希望有天资超常的聪明人参悟一下，不过千万不要学欧阳锋，逆练真经，最后发疯。

好了，再说这何让之，看了狐书后，认为奇货可居，是件好东西，于是他就揣在怀里带走了。

过了两天，水静寺有个叫志静的和尚来找他，说：“你在坟中所获的文书，对你来就没有什么用，这只狐马上就要修得成正果，可以升天了，你就还给他吧。”志静并且许诺，愿意出三百匹缣（唐代缣可以当钱用）赎回这个文书。何让之先收了人家的缣，却说那文书在朋友那里，第二天就还。

结果到了第二天，何让之私下和朋友一商量，他这个朋友也不地道，竟然教唆何让之采用无赖手段，他说：“这个和尚也是个妖魅，你就说没有拿他的缣，也没有什么文书。”于是当志静和尚来索要时，何让之毫无契约精神，竟然大耍无赖，矢口否认前面的承诺，志静和尚也无计可施。

又过了一个多月，何让之的一个弟弟从江南来，他们兄弟分别已经有一年多了，相见之后，甚是亲热。何让之询问家中的情况，弟弟一一道来，二人于是连床夜话，如此有五六日。这一天，弟弟“不经意间”问道：“听说这里有好多狐精，是吗？”何让之说：“有啊，不但有，还让我碰上了呢。”

于是他就把从狐精洞窟中获得“天书”的事情绘声绘色地给弟弟讲了一遍，弟弟好奇地问道：“‘天书’什么样儿，能让我看一下吗？”何让之得意扬扬地拿出那个文书来，给弟弟看。弟弟捧在手里再三看了后，欢喜赞叹。突然，弟弟一下子扑倒在地，化成了一个狐狸，带着“天书”就逃走了，何让之这才悟出，这个“弟弟”原来是狐狸变的。

我猜想，过了一个多月后，狐狸又过来，这一个月间，肯定是狐狸先回了何让之的老家，仔细观察了何让之家中的情况和他弟弟的形貌，这才有备而来，骗回了天书。这套计策可谓天衣无缝，难怪何让之会“上当受骗”。

何让之正懊悔间，没想到还有更倒霉的事情在等着他。没过几天，来了一群巡捕衙门中的官兵，他们拿住何让之，说是有贼盗走了内库中的好多缣，何让之是犯罪嫌疑人。何让之想为自己辩解，但这些人搜出以前志静和尚给何让之的缣来。经过比认，正是内库中所失的其中一部分。如狼似虎的兵丁立马捉走了何让之，又严刑拷打他，问他其他的缣弄哪里去了。何让之哪里知道，实话实说是狐仙送的，官吏们也不信，于是他最终被打死在官衙的牢狱之中。

这个故事中，狐精报仇的手段也是太狠了些。但是何让之无端追打狐仙，又抢人家狐仙的“考试用书”，并且不守信义，吞没了用来赎书的缣，也都是很无理的做法。《阅微草堂笔记》中有好多故事，都是人和狐如果互相尊敬，彼此礼让，就会相安无事，甚至狐们还会主动来帮助人们，做好事都不带留名的。

三 | 天桃

——永远的白月光

▲《仕女图册》佚名（明）大都会艺术博物馆藏

《全唐诗》中像聊斋故事里的那种美丽女狐并不多，女狐夭桃的故事，是其中并不多见的一则：

唐文宗时，有一位名叫姚坤的读书人，他不慕荣华，隐居在东洛万安山南，以钓鱼为生。闲时就喝喝酒、弹弹琴。当地的人多是猎户，常下了罗网陷阱来捉狐狸和兔子。姚坤生就一副菩萨心肠，有时见小狐狸可怜，就花钱买来放生。

姚坤有一处庄院，曾经抵押给菩提寺的僧人。菩提寺主执是个凶僧，名惠沼。他想加害姚坤，谋夺这处庄院。于是他挖了一个深井般的大洞，然后假情假意地请姚坤前来饮酒，趁姚坤醉倒之际，就把他丢进这个大洞中去了，并在洞口压上一个大石碾。

姚坤醒来后，无法出来，正绝望无助之际，有一个声音自称是狐仙，说姚坤平日内救了好多小狐的性命，所以前来搭救他。这个狐并没有直接救他出来，而是授人以渔地传授了他修炼凝神飞升的方法。姚坤依法修习后，就从井里飞出来了。

恶僧惠沼见姚坤“死”而复生，居然能脱困出来，吓得不轻，赔着小心问姚坤是怎么出来的。姚坤骗他说：“我就是从井里静坐两个月，没有人打扰，只吃黄精，就会飞升了。”因为姚坤一向诚实，惠沼居然信以为真，于是他就自己走入井中，让徒弟依法压上石碾，并叮嘱两个月内绝对不可打扰。结果两个月后，等徒弟前来查看时，恶僧惠沼早已困死在井内，化为一堆臭肉。

姚坤回到家后，过了十多天，来了一个华服丽容的女子。她对姚坤说，自己本是一个富家的小姐，名叫夭桃。因一念之差，误被轻薄少年引诱而随之出走，如今少年抛弃了她，她又寻不到回家的路径，于是她愿意嫁给姚坤一起生活。姚坤见她可怜，就答应了。

夭桃知诗能文，温软可人。姚坤越来越觉得她可爱，两人相处甚是融洽，可谓如胶似漆。可是，终于有这样一天，姚坤要到京城里去考试，因舍不得夭桃，就带着她一同赴京。然而，同去不同归，这是一条不归路。

姚坤带夭桃住在“盘豆馆”这样一个地方，夭桃忽然脸色惨然，郁郁不乐，她提笔在竹简上写道：

【夭桃诗】

铅华久御向人间，欲舍铅华更惨颜。

纵有青丘吟夜月，无因重照旧云鬟。

夭桃凝望着姚坤，一遍遍地吟诵这首诗。姚坤看了后，觉得诗中意味凄楚不祥，心下满怀惊疑。就在此时，突然有人牵来一头名贵的猎犬（藏獒？），据说是打算献给宰相裴度的。不想这头凶猛的大狗见到夭桃，就怒吠不止，挣脱了锁链，冲上台阶，扑了过去。夭桃大叫一声，化为一只狐狸，一下子就跳上这只大狗的背，伸爪去抠它的眼。大狗眼被抠瞎，带着夭桃所化的狐狸狂奔而出，往荆山窜去。

姚坤和众人纷纷跟上去追赶，却哪里追得上？一路寻着血迹追去，几里路远的地方，才发现这只狗已经死在路上了。而夭桃所化的狐狸，最终也没有找到（唐传奇《任氏传》中，狐精所变化的那位美丽善良的任氏，也是在路上被恶犬扑咬，但她远没有夭桃的本领高强，她没有斗得过恶犬，竟被其所噬，悲惨地死去了）。

姚坤心中悲戚，想起和夭桃相亲相昵的种种情景，惆怅不已。他徘徊在山间，一直等到天黑，也没有见到夭桃再出现。夜半之时，有一个老翁带了酒来，说和他是“旧相识”，然而姚坤想不起什么时候结识过这个人。

俩人喝完了酒，老翁说：“我对您报答得也差不多啦，我的孙女没事，你不用担心。”然后他长揖而别，一眨眼就形影全无。姚坤这才醒悟，原来这个老翁就是狐仙，夭桃也是狐，是他的孙女。

夭桃可能是因为已经暴露了狐的身份，自惭形秽，不敢再见姚坤，其实，姚坤是不会在意她是什么，就算她是狐是怪，都是他心中最可爱的夭桃。

然而，夭桃此后再也没有出现，缘来缘去，他们的缘分仅限于此。想一想，这结局也是无比残酷。夭桃是报恩来的，她慰藉了孤单的姚坤，却给他留下刻骨的相思。姚坤会用一生的思念回报她。

◀《山海百灵图》佚名（明）
弗利尔美术馆藏

附：

《全唐诗》中狐仙所写的诗并不多，再说一则狐女妙香的故事。故事中说，唐代一个叫郑继超的人，到凤翔去赴任。路上碰见一个叫田参军的人，带着一大队人在路上走。郑继超问他："怎么会有这样多的亲眷？"田参军说："这都是蜀中旧族中的人，现在他们孤的孤、寡的寡，这些丫鬟、仆役，正不知道怎么安排才好哪！"郑继超十分喜欢其中一个叫妙香的丫头，田参军于是就让妙香跟了郑继超去了。

妙香和郑继超过了好几年，突然有一天对他说："妙香本非人类，而是一只狐狸，'田参军'也是狐仙所化，如今我要回到北邙山坟墓里的洞穴中去了，希望你能送我前去。"郑继超虽然有些不舍，但还是答应了。这天晚上，妙香设下酒菜，并高歌劝酒，她唱道：

【妙香词】

劝君酒莫辞，花落抛旧枝。只有北邙山下月，清光到死也相随。

诗中前两句是劝郑继超不要过于在意她，枝上的花既然已经为风吹落，就不必再将空枝握在手中，还是再去寻找你新的所爱吧。后两句则是明志，表明妙香心中最爱的地方，还是那北邙山上的清风冷月，只有它们才不会辜负自己。

古人的故事总是说得比电报文还简略，就妙香的诗意中猜测，我想郑继超肯定是先移情别恋，不再像当初那样喜欢妙香了，她才萌生了说明自己狐女的身份，回到北邙山继续过狐狸的日子。

第二天，郑继超送妙香来到北邙山下的老君庙后，妙香突然假装从马上摔下来，变成一只狐狸后，头也没回，就跑得无影无踪了。

妙香是聪明的，知道有些男人是靠不住的，能靠得住的只有那北邙山的明月，清光不改，永远等待着她回来。

另外有一首狐仙的诗，现在我们一般算作高适写的，但另有一个说法是，这诗是张立本的女儿被狐妖所魅后吟诵出来的：

高侍郎诗

危冠高袖楚宫妆，独步闲庭逐夜凉。
自把玉簪敲砌竹，清歌一曲月如霜。

这首诗中的“高侍郎”和高适无关，说是张立本宅后有高侍郎墓，野狐居于其中多年，修炼成精。别说，这诗中的意境，倒真透着清冷彻骨、轻烟冷翠的神秘色彩。试想冷月清霜下，一个衣冠高古的女子，独步而歌，这情景，着实诡异，也难怪被称为是狐仙所作。

四 | 孙长史女

——天上地下第一美猩猩

▲《怪奇鸟兽图卷粉本》（明清）

猩猩现在给我们的印象是非常丑陋的，假如你对一个女生说她长得像猩猩，她肯定不高兴，但唐代的故事中，也有猩猩变化成的美女。不过，我经常怀疑唐代故事中的猩猩，和现在的黑猩猩、大猩猩有可能并不完全一样。

据柳宗元所写，猩猩喜欢喝酒，喜欢穿木头做的鞋子。人们就利用这一点来捉猩猩，他们在猩猩出没的地方，放上木鞋和酒。猩猩第一次见了，并不上当，还大骂道："这是想害我们啊！"并郑重地告诫同类绝不能碰这些东西。然而，它们闻着那扑鼻的酒香，久久不忍离去。过了一会，就忍不住走过去，心说，我就对着美酒多闻几下，也不要紧吧。然后越闻越香，就安慰自己说："我就喝这么一小口，没事的。"但这一喝起来，就管不住自己了，越喝越多，不觉就醉了，木鞋也主动穿上了。这时人们就突然冲上去，捉住这些喝得大醉，又因套上木鞋而行动不便的猩猩。

古人常说，"猩猩能言，不离禽兽"。唐传奇中也说："安南武平县封溪中，有猩猩焉。如美人，解人语，知往事。以嗜酒故，以屐得之。槛百数同牢。欲食之，众自推肥者相送，流涕而别。"

这段文字说，安南（现在的越南北部）有猩猩，长得像美人一样，明白人类的语言，因为贪酒和喜欢穿木鞋被拿住，有百多只关在一间牢内。每次要宰杀时，他们就推举一位最肥的出来（看来减肥很重要啊），流着眼泪送别他。

从以上的情节看，这里的"猩猩"会语言，智力也绝非现在的黑猩猩、大猩猩可比。所以，我觉得，有可能古时的人把真正的猩猩和一些尚处于原始状态的"野人"混淆了，上面那些会说话的"猩猩"，很可能就是当时的原始人或土著人。

书归正传，我们还是来看一下猩猩变化成“孙长史女”后的故事和她的诗作：

开元年间，原来当过县令的焦封罢官回家，客居在四川。这一天夜里，他正乘马夜归，忽然有一个青衣婢女来到他的马前，似乎是旧时相识一样熟络，约他去其主人的宅第。焦封当时猜测是认错了人，但他借着酒兴，也不说明，就跟着这个婢女来到一处屋宇壮丽的大宅院前。

不一会儿，出来十多个衣着绫罗、头戴珠翠的丫头，把他请入客厅坐下。并说家中的夫人要见他。焦封惊疑不定间，只见后堂过来一

◀《执瓶仕女图》佚名（清）

行人，有两行花烛前边引路，并有丫鬟擎着一柄翠羽装饰的华丽大扇，遮住一位环珮珊珊的女子面容，款款走来。到了焦封身前，女子命移去大扇。只见这位女子年方十七八岁，容貌光艳照人。焦封见了，忙作揖施礼，两人分宾主落座。

手下婢女们摆上美酒佳肴，并在宴前歌舞助兴，那女子命人取来红笺和笔墨，用娟秀的字迹写了这样一首诗给焦封：

孙长史女与焦封赠答诗

孙长史女

妾失鸳鸯伴，君方萍梗游。
少年欢醉后，只恐苦相留。

这首诗吐露少女的羞涩心态，从“妾从鸳鸯伴”一句来看，这位少妇虽然青春美丽，但也是和卓文君一样有过婚姻经历的，从前面称她为夫人，也可以佐证。“君方萍梗游”，是说你也是四处宦游，并无家室。其间的意味，你还能不明白吗？下一句“少年欢醉后，只恐苦相留”，意思是说薄情少年们往往只贪一时欢愉，而不肯承诺天长地久的相守。说白了就是怕负责任，他们三心二意，风流快活后，就又害怕被拴住。焦封看了后，沉吟了一会，干了杯中的美酒，写下这样一首诗酬答：

心常名宦外，终不耻狂游。
误入桃源里，仙家争肯留。

意思是说，我的心不在官禄上，平日我最喜欢的就是放浪狂游。如今误入娘子你的桃源仙境，可惜我身微形秽，仙家怎么留我呢？

这位年青美貌的少夫人看了诗后，娇嗔地笑道：“谁教你误来此地的？如今想走，也不行了。”焦封见她媚态动人，忍不住答道：“只恐您不肯相留，留个千年万年都没什么好怕的。”这位夫人听了，心花怒放，喜于颜色。过了一会，就假意说醉了，要焦封扶她入罗帐，扶入罗帐中后……后面的事情咱就不直播了，不然要封号了。

焦封和这位夫人共效绸缪之后，夫人对他说：“我是都督府孙长史的女儿，曾嫁过一个叫王茂的人，可惜他早早地就客死在长安。我现在只好寡居于此，有幸将终身托付给你，你可不要耻笑我无媒无聘就这样嫁给你，要知道当年的卓文君爱上了司马相如，也曾经像我一样啊。”

焦封听了这些话，对她更为怜爱。两人每日在府第中花天酒地，夜夜笙歌，过着神仙眷属的生活。然而，人性就这样，再好的东西吃多了也有倒胃口的时候。如此待了一个多月，焦封开始焦躁起来，他自言自语地说：“我本是为了功名仕途而苦读诗书的，现在功名不成，官职未取，却沉迷于酒色，这样算得上大丈夫吗？”

夫人听到了他的抱怨，知道留不住他了，于是对焦封说：“你想用功名仕宦来荣身耀祖，也是很正当的理由，我哪敢死死地留住你，影响你的前途呢？你不必如此伤心叹气！”

焦封一听，顿时喜上眉梢，夫人叹了口气，送了好多金银珠宝给他，并且一直送他到大路上。挥泪而别时，又从手上取下一枚玉环相赠，对他说：“这是母亲留给我的，我从小就带在身上，你一定要好好珍惜。”说完，又吟诗一首来送他：

鹊桥织女会，也是不多时。今日送君处，羞言连理枝。

看来，夫人其实很伤心了，所以“羞言连理枝”，焦封既然这样无情，也不必说什么“在地愿为连理枝”的誓言了。焦封虽然利禄熏心，但此刻也有些黯然神伤，他也回赠一首诗说：

但保同心结，无劳织锦诗。苏秦求富贵，自有一回时。

意思是说，我们只要两心如一，就不会彼此相忘。我也不会移情别恋，让你像前朝的苏蕙那样织回文锦劝夫回心转意。我这番前去，正像战国时的苏秦，会风风光光地带着金印回来的。

夫人看了他的诗，泪下如雨，神情颇为不舍。然而焦封决心已定，相比而言，夫人的温柔，终究比不上那紫袍金印的富贵憧憬。焦封走在崎岖难行的蜀道上，眼看天色将晚。 回头，却远远地瞧见夫人向他一路飞奔过来，焦封惊疑不定，夫人跑到他身前说：“我不忍心和你离开，就偷偷地跟在后面追赶你。”焦封心下有些不耐烦，但却不好赶她走，于是领着她到前面的客栈里住下。

傍晚时，突然外面来了十几只猩猩，夫人听到他们的声音，跑了出去。她回头对焦封说：“你抛下我，要独自远去，幸亏这些女伴想着我，来找我回山。我走了，请你自己保重。”说完，她就变成一只猩猩，和同伴们追逐着跑远了。

此后，就再也没有回来过。

五 | 袁长官女

——君既无情，我便休

▲《桃花猿蝶图》佚名（元）

《全唐诗》中还有一个自称是“袁长官女”的猿精，和上面的“孙长史女”倒像是姊妹一般。不过，这个“袁长官女”，是主动离开男人的，尽管她和丈夫已育有两个孩子。

唐代宗年间，一个叫孙恪的落第秀才在洛阳游玩散心。到了魏王池的旁边，忽然见有一座宏大的宅院，路人告诉他说，这是袁家的宅第。孙恪前去轻轻叩门，没有人答应。门旁有一间小屋，布置得也很精美，写着“伺客之所”，也就是客人等候的地方。孙恪见了招牌，就掀了帘子进去了，他从里面的窗子向院里瞧，只见有一位“光容鉴物、艳丽惊人”的女子立在庭前，手摘萱草，口中吟诗道：

袁长官女诗

（摘萱草吟）

彼见是忘忧，此看同腐草。青山与白云，方展我怀抱。

萱草本有忘忧草之说，最早见于西晋张华的《博物志》：“萱草，食之令人好欢乐，忘忧思，故曰忘忧草。”这里“猿美女”是说虽然有萱草忘忧之说，但是对我来说根本没有什么意义，我看着如同腐草一般，只有那青山矗立、白云环绕的地方，才能让我开颜畅怀。

孙恪正看得发呆，那女子一抬头，见到了他，面含羞惭地跑进了内庭之中。然后半含恼怒地让小丫头过来质问孙恪说：“你是什么人？为什么来到这里？”孙恪不停地赔礼，声称唐突了佳人。那女子又令小丫头传话说：“我还没有梳妆打扮，你就胡乱偷看，实在是太无礼了！”

孙恪听出这话明似指责，实际上却甚有情意，心下暗自欢喜，就悄悄和丫头们打听：“她是谁家的女儿？”丫头们也不隐瞒，如竹筒倒豆子一般：“我们家小姐是袁长官的女儿，她从小就失去了父母，也没有别的什么姻亲。只和我们几个人一起生活，住在这所大宅院里。她现在还没有许配人，正想着物色一个合适的如意郎君哪。”

过了好大一会儿，那女子才出来见孙恪，只见她收拾了一番后，果然容光焕发，更加美艳动人。丫头们摆上茶果，盛情招待孙恪。那女子对孙恪说：“郎君如果没有房子住，就把行李搬过来住在这里吧。”孙恪更是喜出望外，他一个落第秀才，每天住酒店要花多少钱啊？当然醉翁之意不在酒，省钱倒是小事。

那女子又指着那群青衣小丫头说：“您缺少什么东西，有什么需要，就和她们说。”孙恪欢喜之余，又不免有些惭愧。自己一个大男人，却住人家女子的房子，花人家的钱财。

但惭愧归惭愧，孙恪是真心对这女子一见钟情，于是向这位女子求婚，想着以后好好对待人家。这女子早有此心，要不怎么会对孙恪那样好？她又不是活雷锋。所以嘛，这事水到渠成，于是两人不久就在这栋宅第内结为夫妻。

如此过了两三年，孙恪有个叫张闲云的表兄来找他，自称颇习道术。他一见孙恪，就觉得他脸上有妖气，认定他所娶的妻子是妖怪。他拿了一把剑给孙恪，说任何妖异之物见到这把宝剑，会立刻现形死掉。孙恪接了剑，当下还犹豫了一会，但架不住张闲云说“妖物终究要害人的”，于是孙恪就带了这把剑回来，并藏在卧室中，想看能否让妻子袁氏现出原形。

孙恪的异样神色马上就被袁氏发觉了，她愤怒地指责姓孙的：“你当初穷途末路，是我给了你这样舒适的生活，如今你却兴起这样的坏心害我，真是猪狗不如！”孙恪大汗淋漓，吓得伏在地上连连磕头说：“都是表兄教我这样做的，绝对不是我的主意。我愿饮血为盟，再也不敢对你存有异心。”

袁氏搜出那把剑，轻蔑地笑道：“就这玩意儿也能吓唬我？我现在跟你结为夫妇都好几年了，如果害你的话，你早就没命了。看你的本心也不至于如此，就姑且饶过你吧！”说罢，她轻轻一抖，那把剑就像嫩藕一般被折成好多截。

孙恪惊得目瞪口呆，半晌才缓过神来。后来，孙恪那表兄张闲云听到此事，也吓得远远逃走，再也不敢登孙家的门了。

如此过了十多年，袁氏已为孙恪生了两个儿子。后来，孙恪因朋友推荐，去南康这个地方当一个经略判官。唐代的判官由地方官自选，相当于现在的市长助理这样的职务。于是孙恪带着一家人踏上旅途。一路上，每到青松参天、高山巍巍的地方，袁氏就特别留恋地停下来仔细看，神情变得郁郁，似有无穷心事涌上心头。

这一天，到了端州，袁氏说，这里有个峡山寺，我要去拜一拜。孙恪对妻子的话那是言听计从，无有不允（妻子有财有本领，安敢不听？）。袁氏非常高兴，仔细梳妆打扮了一番，孙恪买了果蔬香烛之类，一起去峡山寺斋僧。只见袁氏领着两个孩子，走得飞快，而且根本不用问路，好像是她昔年曾经来过一样，孙恪暗暗讶异，但又不敢问。

来到佛堂，袁氏取下颈上所戴的一个碧玉环给住持老僧说：“这是院中的旧物。”老僧接了后看了看，茫然不解。时至中午，大家一起在禅堂吃斋，这时有几只野猿从山崖间高高的松树上下来，来到大家吃饭的台子前，长啸了几声，又攀着藤萝跑开了。袁氏突然泪下如雨，提笔在寺中的一面墙上写道：

袁长官女诗（题峡山僧壁）

刚被恩情役此心，无端变化几湮沉。

不如逐伴归山去，长笑一声烟雾深。

写罢，她掷笔于地，用双手抚着两个孩子的头顶对孙恪说：“你好好地照看他们，我要和你们永别了！”孙恪还没来得及答话，袁氏猛地撕掉自己的衣服，化成一只老猿，长啸一声追着刚才那几只野猿而去。孙恪清楚地看到，她的身形将要消失在山崖后时，回过头来深情地望了他们一眼。孙恪又惊又急，却没有一点办法，只好眼睁睁地看着袁氏消失在这莽莽山林之中。

这时候，那个老僧开口对孙恪说道：“我想起来了，这只猿是贫僧所养，当年我还是一个年幼的小和尚。到了开元年间，高力士经过此地，喜欢它，就用用五匹帛将它换走。据说后来它被献给了天子，因为这只猿很通人性，所以宫里人很喜欢它，把它养在上阳官里。不过安史之乱后，就没有它的消息了。这碧玉环本是诃陵胡人所给，当时戴在它的脖子上。”

孙恪听了后，知道妻子本是猿精所化，他感伤不已，和孩子在此盘桓了六七天，但始终也没有等着妻子回来。于是他官也无心去做，神情黯然地回家去了。

六 | 真符女

——所以“母老虎”不是形容词

▲《怪奇鸟兽图卷粉本》(明清)

这一则故事和上面“孙长史女”那一篇故事大体相似。不过，和猩猩精“孙长史女”自媒自荐相比，身为虎精的“真符女”有“父母”之命的。

唐贞元年间，一个叫申屠澄的人去四川什邡当县尉，在路过真符县（现陕西洋县东北处）时，因天降大雪，寒冷难行，只好借宿在路旁的茅舍里。

这家有三口人，一个老翁，一个老太婆，还有一个虽然头发纷乱，衣服破旧，却肌肤如雪、容貌如花的少女。老夫妻做了酒饭给申屠澄吃，那位少女也走到里屋，重新梳妆后走了出来，明丽妩媚之态，比刚才更增添了一倍。

席间，申屠澄提出要行酒令助兴，他先说了一句《诗经》上的话：“厌厌夜饮，不醉无归。”这一句出于《小雅·湛露》中，意思是，令人酒足饭饱的盛宴啊，不喝个酣畅痛快，决不回家。那个美貌少女低头偷笑，悄声说道：“这样的风雪天气，你回哪儿的家啊。”申屠澄用这句诗，前一句来赞扬主人的丰盛招待，倒还中理中节，但后面这句“不醉无归”不合适了，也难怪少女会笑话他。

申屠澄听了少女的轻声嘲笑，并未介意，反而知道她不但容貌艳丽，而且明慧过人，畅晓诗书。于是就请她也说一句，这少女羞涩地说道：“风雨如晦，鸡鸣不已。”这句同样也是《诗经》里的句子，出于《郑风·风雨》，关键的字句在后两句：“既见君子，云胡不喜。”这两句诗，是古时女子表达爱意时经常用的。

申屠澄也是饱读诗书之人，当然明白少女的心意。于是当席就向老翁提亲，说自己幸好没有婚娶，我就自己为自己做媒吧。老翁见女儿喜欢申屠澄，申屠澄也有此意，可谓两下情投意合，就答应了。申屠澄把所带的银两都翻出来，想作为聘礼，老翁和老婆婆坚决不收，他们说："只要你不嫌弃我们家出身寒微，好好地照顾我们的女儿，哪里用得着什么聘礼。"

当天晚上，申屠澄就和这位少女入了洞房，第二天，申屠澄就带了这位新婚的夫人一起启程了。申屠澄当的是县尉，可谓九品芝麻官，俸禄十分微薄。但他的这位妻子一点也不嫌弃，并且帮他结交朋友，照顾亲族，于是一家上下，里里外外，没有不夸她的，后来又给申屠澄生下一男一女。申屠澄对她更加喜爱，就写了一首这样的赠内诗：

真符女与申屠澄赠和诗（澄赠）

一尉惭梅福，三年愧孟光。此情何所喻，川上有鸳鸯。

梅福是西汉末年人，也当过县尉这样的小官，因上书朝廷指陈当时的弊政，却被斥为"边部小吏，妄议朝政"，于是辞官而去。这里申屠澄未必有和梅福一样的感想，他只是为了表达当县尉这样一个芝麻小官，实在没什么意思，却没有勇气像梅福一样辞官。而孟光是东汉名士梁鸿的妻子，申屠澄以她来赞誉妻子的贤德。后两句就好懂了，是说夫妻同心和美，有如川上鸳鸯。

他的妻子看了，感动不已，终日吟咏不绝。

又过了一段时间，申屠澄罢官回家，又重走他当年来时的道路。这一日重到利州地界，离妻子的家越来越近了，他们在湍急的嘉陵江畔坐下来，倚着草丛休息。妻子看到丛林莽莽，似有无穷心事。她愁绪满怀地对申屠澄说："你以前写过一首诗给我，我当时就和了一首，只是存在心中，没有念出来给你听。如今我看到眼前的诸般景物，心情再也不可抑制，再也不能把此诗藏在心里了。"于是她念道：

真符女与申屠澄赠和诗（女和）

琴瑟情虽重，山林志自深。常忧时节变，辜负百年心。

◀《仙女图》佚名（元）

申屠澄看了诗，有点茫然不解，“志在山林”一说，要是我这样当官的人说还差不多，她一个弱质女子，从何谈起？大概是想念她的父母亲吧？这不是马上就能见到了吗？于是就含糊安慰了她一番。

又走了二十多天，他们一家来到妻子旧居的茅屋前，可是屋子虽在，老翁和老婆婆无影无踪。当晚，申屠澄和妻子就住在这间茅舍里，而妻子始终在哭泣。到了半夜，申屠澄吃惊地发现，妻子走到屋角，找出一张积满尘土的老虎皮，她如痴如狂地大笑起来，说：“原来这件东西还在啊！”申屠澄惊讶无比，正要问她为什么举止失常，却见她披起这张虎皮，一下子就变成了一只斑斓猛虎，咆哮着出门而去，跑到山林之中，再也看不到了。

申屠澄领着一儿一女，拼命追赶，却只见林海茫茫，哪里还有什么踪迹？他们大哭了好几天，只好怅然回去。

也许今天不少读者看来，唐代这三则故事，未免有些单调乏味，不够感人。所以，上面这三则“人妖恋”的故事，远不如许仙和白蛇之类的故事更广为人知。然而，平静地想一下，这三则故事中反而说明了一个更为贴近我们日常生活的道理，那就是：“相爱容易相处难。”

爱情是无法保鲜的，除非在它如花绽放时把它封存成“爱情琥珀”。**世间所谓最炽热的爱情故事，无一不是在最美的时候就遭到外力中断，被瞬间冷冻封存了的。**无论是梁山伯祝英台、董永七仙女，还是焦仲卿和刘兰芝、陆游和唐琬，莫不如此。正所谓“人生若只如初见，何事秋风悲画扇”。

唐代故事中这些善良的精怪美人，和世上的男子经历了一段婚姻生活后，大都主动离去。原因很简单，**婚姻其实就像一处风景，没去**

过时十分向往，见到的那一刻无比激动，但久居于此，爱情的滤镜逐渐退去，柴米油盐、日常琐事就不那么美好了。

假如白娘子的故事中没有法海，或是白娘子的法力远高于法海，最终的结局又如何呢？不知她会不会像这几则传奇故事中的女主角一样，对婚姻逐渐失望，最终回到她修行了千年的山林洞穴中去，从此再也不羡慕人世的生活呢？

其实，她们不知道，这正是婚姻的修行，大多数的夫妻都是“绚烂也许一时，平凡走过一世”，这样就算相当幸福的了。

七 | 石瓮寺灯魅

——唐代版的“消失的她”

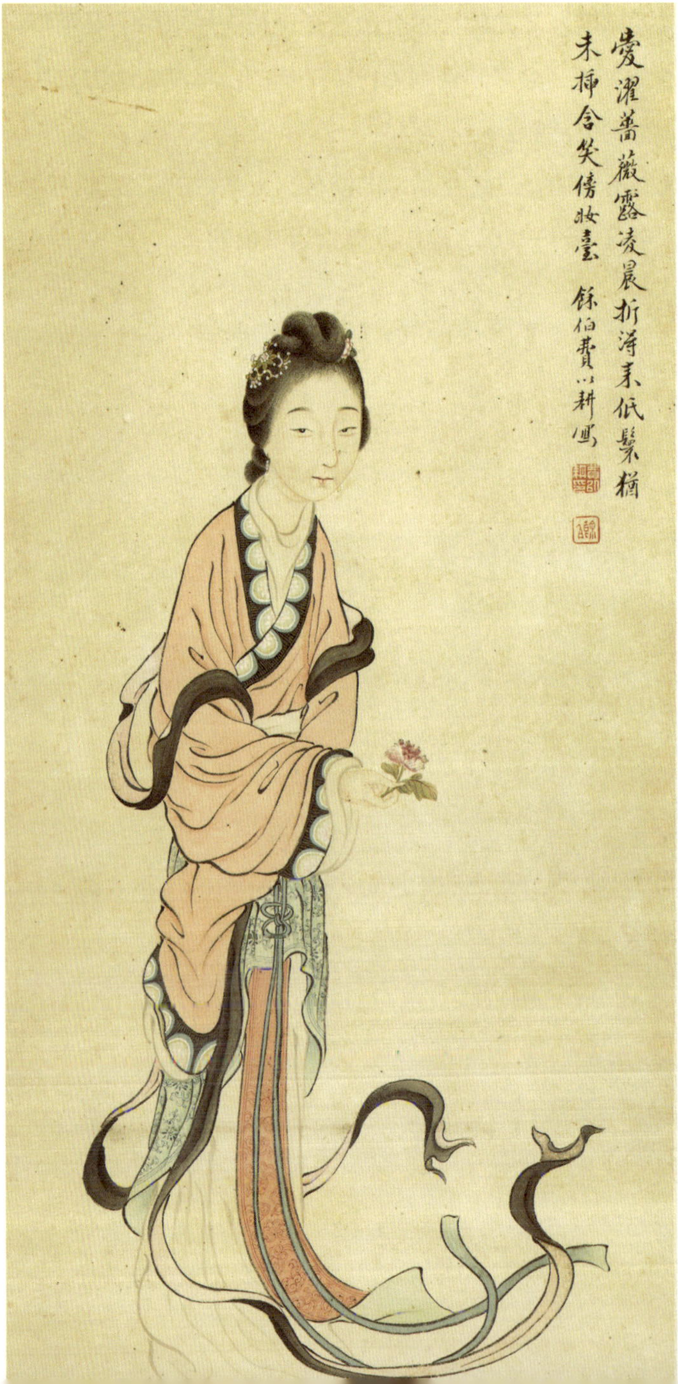

▶《仕女图》费以耕（清）台北故宫博物院藏

唐代有个叫杨祯的书生，家住长安渭水桥旁。古代交通运输很依赖水运，所以桥边人声喧杂，好比今天的火车站附近一样，想静下心来读书，非常困难。杨祯显然专注力不济，所以去了长安西北处的昭应县，寄宿在石瓮寺的文殊院里。这里僻处骊山脚下，环境非常安静，风景十分幽美，确实是个清心读书的好地方。

明月如霜，好风如水，清景无限。夜读诗书时，就缺一个添香红袖了。倒真是想什么来什么，这一天晚上，一个红衣女子就飘然而至，她“容色姝丽，姿华动人”，杨祯所见过的女子，和她一比，都是望尘莫及。

只见这个女子来到帘外，轻声唱道：

石瓮寺灯魅诗

凉风暮起骊山空，长生殿锁霜叶红。
朝来试入华清宫，分明忆得开元中。

却说骊山的华清宫，因唐玄宗和杨贵妃耽于此地，沉溺于玩乐，才酿成了“安史之乱”。此后，唐代皇室视此为不祥之地，少有问津，其宫室也荒废许久。这个女子歌中追忆盛唐的情景，听起来十分感伤。

听到这清亮而凄凉的歌声，杨祯不禁启帘询问她是什么人，为什么歌声如此凄婉？

那女子不答，接着唱道：

金殿不胜秋，月斜石楼冷。
谁是相顾人，褰帷吊孤影。

这女子诗中的意思是：金殿里的秋色是那样凄清，让人难以忍受，月斜更深时，那冰凉的石楼显得那样冷寂。有谁能来看我一眼呢？我只能自己掀起帘幕慰问我孤单的身影。

这样美丽的女子，说得又是这样楚楚可怜，年方少艾的杨祯哪有不动情的道理？于是他将这个女子拜迎入室。坐定之后，女子娇声询问杨祯的姓名，杨祯如实相告。那女子一听，就把杨祯的七大姑八大姨，凡是游历过石瓮寺的亲戚，都提了一遍，仿佛都是她的熟人。

也许是这女子特别想和杨祯套近乎，一不小心，把杨祯的祖父母年轻时的形貌也都讲了一遍，这些连杨祯都不知道。于是他怀疑起来，这女子年纪轻轻，如何能知道这么多，还能看到我爷爷、奶奶年轻时的样子？他越想越怕，不禁颤抖起来，说："你不会是鬼吧？"

这个女子轻轻一笑，说道："我听说人死之后，魂魄就散于天地间，消失无形了，哪来的什么鬼呢？"杨祯略略安心，又问："那你恐怕是个狐狸精吧？"这女子"呸"了一声说："狐狸媚人，是给人灾祸的，我们家族功德卓著，于天下百姓恩泽甚厚，小女子我虽然算不上特别贤淑，但也不会下作到干那种媚祸于人的事。"

杨祯听她说得郑重，就问："您的家世如何，能告诉我吗？"

这个女子骄傲地说："我是燧人氏的后代，始祖功绩卓著。历代先人都镇守南方（南方丙丁火），远祖狂暴无忌，人们不敢亲近他。但后来，他被神兽白泽捉住了，现在连樵夫牧童都可以接触他了。汉明帝时，佛法东传，两位罗汉奏请我的十四代祖为长明公，让他显扬佛教。直到魏武曹操时，毁佛法，杀道士，长明公遭囚禁而死。但魏文帝即位后，重兴佛法，又让长明公的世子袭位。到了我朝开元初年，玄宗皇帝幸驾骊山，敕造华清宫，修建朝元阁、长生殿，最后用余材造起这个石瓮寺。

“这一天，玄宗皇帝和杨贵妃微服来到佛庙，焚香拜祭。贵妃对皇帝说：‘我们夫妇如鸳鸯相伴，但这里的佛堂只有东殿没有西殿，十分不谐合。’玄宗于是当天就下令修建西殿堂一处，封我为西明夫人，并赐给琥珀膏润泽我的肌肤；设了珊瑚帐幕，来遮护我的容貌。于是那些小飞虫就再也不能烦我了。”

这个红衣女子其实是石瓮寺中的一盏长明灯变化的，所以她说是发明火的“燧人氏后代”，所谓的十四代祖“长明公”，无非汉代的一盏长明灯罢了。东汉末年，佛寺破落，无人照看，于是灯膏干涸而灭。这就是所谓的“囚禁而死”。

顺便说一下，唐代是很看重家世的，笔记小说中说，长安的贵家子弟聚会饮酒后，经常就竞相夸耀家世。这一天，尚为临淄王的李隆基也混入这群“高干子弟”的宴会上，官二代们看不起简朴打扮的李隆基，

▶《中山靖王刘胜妻窦绾墓中的长信宫灯》（西汉）

于是就逐一夸口自己的门第多显耀，当他们唠叨完后，李隆基才缓缓报出家世：“爷爷天子，伯父天子、父亲天子……”话没说完，那群人吓得都跑了。

杨祯一时被这个美女夸口的家世蒙住了，就靠近她，亲昵地问：“你肯定多才多艺，歌舞丝竹，这四者你最擅长的是哪一个？”

那女子轻蔑地一笑说：“不是我不想学这些，要知道我承先祖之明德，炎炎烈信于心，那些邪声乱色，都不入我心。我最拿手的，往大处说是把铜铁锻制成五种兵器，炼就巨鼎大钟；往小处说是把食物烹炙成千般美味。我一活动就能使千丈山岳起火、烧尽万顷原野，静下来就能像烛光一样点亮夜里的幽暗昏蒙。像那种手弄朱弦，口吹玉箫，展细腰，露皓齿的做作姿态，都是妖媚女人们的事，我可不干！”

好嘛，这个美女一副正襟危坐的样子，倒像是给杨祯讲思想品德课了。不过，她见杨祯的脸色渐渐郑重严肃起来，知道自己言辞有点过激了，于是接下来又换了一份柔情蜜意的口吻说：“我听说你志向高洁，而且来到这里好久了，很想见你一面。在这月白风清的良夜，遇到郎君这样的良人，实乃幸事。”

于是两人相谈甚欢，情投意合，渐成好事。从此，这个红衣女子朝辞暮至，天天如此。唯独阴天下雨时就不会来。这一天风雨又骤，来了一个小娃娃，送给杨祯一张纸，上面有红裳女子的诗：

烟灭石楼空，悠悠永夜中。虚心怯秋雨，艳质畏飘风。
向壁残花碎，侵阶坠叶红。还如失群鹤，饮恨在雕笼。

杨祯越来越对她恋恋不舍，每天早晨当红裳女子离开时，都要追出来拽住她的衣袖，不愿让她走。但这时红裳女子又换了一副郑重的面容说：“你这是在违背养身之道！你来深山里居住，难道不是为了专心读书吗？如果沉溺于儿女情事，被玷污了声名，就再也无法洗清。这不仅会毁了你的名誉，也会折耗了我的寿命。”

无论是仙女，还是妖女，脾气都是一样古怪，一会温婉可人，一会冷若冰霜，让人捉摸不透。不过现实中的女孩子有时也这样，要不怎么有人说，恋爱中的定律之一，就是“千万不要跟女朋友讲道理！女朋友就是道理！”

这样过了半年后，杨祯有个书童回家去拿东西，就把这件事情告诉了杨祯的奶娘。奶娘也是个人物，听了后竟然分析出来了——这个红裳女子十有八九是佛堂中的长明灯变化的。于是她就暗暗潜伏在佛殿中，想要看个究竟。天明之时，果然看到一个红衣女子从西殿堂的门缝中走进去，慢慢消失在那盏澄亮耀眼的长明灯中。于是杨祯的奶娘，提了一桶水，一下子把灯给浇灭了。从此以后，这位红裳女子就再也没有出现过。

爱的代价，有时需要生命的付出，即便是这些修炼成精的妖魅，魅惑别人的时候，也同时为爱所魅惑。

八 | 太白山魔

——画皮画骨难画心

▲《怪奇鸟兽图卷粉本》（明清）

前面的故事，多是恩恩爱爱，鸳鸯蝴蝶的。而这一则故事“与爱无关”。唐贞元年间，有一个武功卓绝的人叫韦自东，他勇猛过人，剑术通神。这一年他来到太白山中，在段将军庄上过夜。他见山上有一条小径，好像过去经常有人走，但现在长满荒草，就问是什么地方。

段将军说，原来有两个和尚住在山顶上，那里庙宇华美，原来一度香火甚是繁盛。但后来听说有夜叉把和尚给吃了，占了这座庙，现在就谁也不敢去了。韦自东听了大怒，说：“夜叉这种邪怪，竟然为害人间，我去除了它！”段将军劝道：“不可莽撞，莫枉送了性命。”韦自东却哪里肯听，拿起宝剑就上山了。

他一路攀着藤萝上得山顶，进了庙中后，果然见到精致的僧房里，和尚的锡杖和鞋子还在，但早已积满了厚厚的尘土。宽敞的佛堂里倒像有睡卧的痕迹，但铺着细草，沾满了绒毛，墙上还挂了很多吃了一半的野猪黑熊之类。

韦自东见了，也暗暗心惊，觉得真是有妖怪。他于是拔一起一棵碗口粗的柏树，削去枝叶，当作大棒使。仔细把庙门掩好，用一尊石佛顶住。

这天夜里，月明如昼，一个夜叉扛着鹿回来了，它见门被人关住了，怒发如狂，用头猛地抵门，把石佛弹出去好远。不过也因用力太过，一下子摔倒在庙门边。韦自东趁机抡起木棒，对准夜叉的后脑打了一下，夜叉刚想挣扎，韦自东又是一棒，只见夜叉被打得头骨碎裂，死了。

韦自东把死夜叉拖到庙内，又重新关上门。过了一会，又有一只夜叉回来了，看来这只夜叉知道前一个夜叉回来了，它大怒咆哮，似

乎是责怪前一只夜叉不来接它。这只夜叉依旧前来撞门，韦自东故技重施，趁夜叉撞门倒地时，又是如法炮制，两棍结果了这一只夜叉。

韦自东架起大锅，割了夜叉扛来的鹿肉，涮到锅中，大吃一顿。天明后，大家知道了韦自东除掉了两个怪物，纷纷前来观看祝贺。段将军也夸他是“周处再世”，这场面，和武松打虎后受到阳谷县人民热烈欢迎的情景差不多。这时候，一个道士走出来，对韦自东说：“贫道炼丹多年，每次都是大丹将成时，妖魔就前来捣乱，如今壮士您神武无敌，可否助贫道挡住妖魔，炼成大丹，到时候，我们同享仙丹，不知意下如何？”

韦自东听了，欣然应允，跳起来说：“此乃我平生所愿！”于是韦自东就和这个道士来到太白山的最高峰，石洞中就是道士的丹炉。道士说：“您持剑守住洞口，有怪物来你就砍它。”韦自东仗剑而立，不一会果然有一条大蛇，两只怪眼像金色的灯笼，雪白的长牙很是吓人，它喷着毒雾过来了，想要进洞。韦自东挥剑一斩，似乎砍中了它的头部，这个怪物于是就化作轻雾散去了。

过了一会，又来了一个倾国倾城的美女，手持荷花，缓步而行，情致款款，似乎要施展美人计来媚惑韦自东。韦自东果真是好汉子，软硬不吃、油盐不进，不像现在那些榜一大哥，见到美女就丢了魂，无脑打赏。韦自乐可不管你多么千娇百媚，照砍不误。只见美女被砍了几剑，也化为云烟散去了。

眼见天色将明，药鼎中大丹将成，韦自东更是百倍地警惕。只见天空中飞来一只黄鹤，鹤上乘坐着一位面如冠玉、须髯飘飘的神仙，跟着神仙的还有一大批黄衣力士。神仙落在洞口，拱手道：“妖魔除尽，吾弟子大丹将成，特来接引道贺”，随即吟出一首诗说：

太白山魔诳道士诗

三秋稽颡叩真灵，龙虎交时金液成。
绛雪既凝身可度，蓬壶顶上彩云生。

▶《神仙故事图册》冷枚（清）大英博物馆藏

“稽颡”就是磕头，是说你们三年多真诚礼拜，“龙虎”“金液”“绛雪”都是炼丹中的术语，而“蓬壶顶上彩云生”分明就是大功告成的意思。韦自东听了，认定这人就是道士的师父，他大喜过望，抛下宝剑跪在地上叩谢仙人。

没想到，这个所谓的“仙人”趁他跪在地上时，突然冲进了洞内，一挥手就推翻了丹炉，药鼎爆烈毁掉，再也无法挽救。道士见功亏一篑，忍不住失声痛哭。韦自东这才明白骑鹤的“仙人”原来也是妖魔变化的，心中悔恨无限。道士哭了半天，痛定思痛后，用山泉水刷锅一样将鼎上的残渣涮了涮，和韦自东一起服了。即使这样，日后二人的容貌也几乎年轻了十多岁。事情传开后，人们都替他们感到无比惋惜。

佛学中也有类似的说法，据说如来当年和魔王波旬斗法，波旬输得一塌糊涂。但口中还是不服，声称最终还是要毁灭如来的佛法。如来笑而不信说："我的佛法是真理，人们会坚信不疑的。"魔王冷笑着说："到了末法的时代，我派我的魔子魔孙统统出家，都披上袈裟做你的佛门弟子，来歪曲你的佛法。"如来佛一听这个话，竟然悲从中来，流下了眼泪。

连法力无边的如来竟然也无可奈何，看来，披着"仙佛"外衣的妖魔是最难对付的，事情多半都要坏在这上面。招牌上代表的是正义、公权，暗中却是祸世、害人，这样的"妖魔"是最难提防的。

附

漫话中国神仙谱

中国传统文化中的神仙非常多，非常乱。且不说从国外引进的如来佛、弥勒佛、观音菩萨、十八罗汉之类，单单是中国本土的“神”和“仙”，就一本书说不清。

在中国当神仙其实并不难，能工巧匠如鲁班、李冰等死后成神倒还罢了，关老爷一生打过不少败仗，最后还走麦城丢了脑袋，还是被评为“武圣”，而且越来越有威望。更为不合理的是，像管仲，只是首先提倡开妓院，就成了青楼女子们供奉的神。大家看《封神演义》，姜太公一口气封了好几张纸的神仙，不管善恶是非，就连飞廉、恶来这样的大坏蛋也有“工作岗位”，虽然是名为“冰消瓦解之神”的“恶煞”，但我觉得比给大学生分配的掏厕所的活儿强多了。

还有一些神仙名号的得来，是类似补偿性质的。相传专职捉鬼的钟馗就是因相貌奇丑，在面试中受到不公正的对待，愤怒之下自杀而亡。他的鬼魂向唐明皇诉苦，于是被封为捉鬼的神仙。又比如电母，相传电母本来是一位极其孝敬婆婆的媳妇，她守寡在家伺候婆婆，甚至割了自己的肉给婆婆吃。但婆婆总是不惮以最坏的恶意来推测媳妇的，她认定媳妇对她不好，祈求上天惩罚媳妇。结果玉帝没有仔细调查，就派了雷公去执法。雷公也是个大混蛋，不由分说一下子就把媳妇劈死了。后来真相大白，玉帝心有愧疚，于是让这个媳妇当了“电母”，专门负责在雷公“行刑”时，闪一下电光“拍照”，以验明正身，防止冤假错案的再次发生。

◀《群仙会祝图》仇英（明）台北故宫博物院藏

而且中国神仙政出多门，人浮于事，机构臃肿。比如管气象水利，按说是龙王的职责，但又有河伯、雨师等也能管。孙悟空要下雨时，有时不见得请龙王，还可以请“水德星君”帮忙。另外像“城隍”和“土地”，他们负责的事情都是一村一乡的小范围中的事儿，干脆合并成一个部门好了，结果却有两套班子，浪费我等凡人的多少香火。

所以，把中国神仙梳理清楚是很麻烦的，在此仅仅将重要的神仙和知名度高的神仙，简单归类介绍一下：

一 | 玉皇大帝

——什么！竟有人比我尊号长！

▲《永乐宫 三清壁画朝元图》佚名（元）

玉皇大帝是民间皇帝在天宫中的投影，也是民间崇拜中最尊崇的神。《西游记》中称其全名为“高天上圣大慈仁者玉皇大天尊玄穹高上帝”尊号只有十八字。但后来又有所谓“昊天金阙无上至尊自然妙有弥罗至真玉皇上帝”的尊号，有二十字。

这个其实是仿照人间皇帝的尊号而来，慈禧太后不还弄了个“孝钦慈禧端佑康颐昭豫庄诚寿恭钦献崇熙配天兴圣显皇后”的尊号，竟然比玉帝还多了七个字。在旧时，尊号多一字少一字，是非常重要的。慈禧居然比玉帝还牛，太过分了，怪不得死不安稳，被人刨出来了。

玉帝由于太过“伟大”，所以姓氏、来历之类的都讳莫如深，虽然有一些传说讲玉皇大帝是昊天界上光严净乐国王与宝月光皇后所生之子，后来舍弃国家苦心修道，经历亿劫，才成为玉帝。但这个说法只是一面之词，并未形成公论。而且这个“剧本”有点抄袭佛祖如来的经历，讲起来很没面子。所以《西游记》中，干脆不提玉帝的履历，只说他曾“苦历过一千七百五十劫”，这每一劫合十二万九千六百年，算起来玉皇大帝苦修了两亿两千多万年，当时是中生代三叠纪，玉帝肯定见过恐龙，说不定玉帝就是恐龙变化的。

但是在正统的道家思想中，神仙中地位最高的是“三清”，即玉清元始天尊、上清灵宝天尊、太清道德天尊（太上老君）。玉帝的级别反而要低于他们三个。而《西游记》中的太上老君，似乎是玉皇大帝驾前的一位老臣，对着玉帝三拜九叩，唯唯诺诺，这只是世俗中的误解。比较正规一点的道观中最重要的殿宇是“三清殿”，供奉的是“三清”。

据说在旧时有过规定，只有皇帝才可以祭拜玉帝，一般的升斗小民连给玉帝磕头上香的资格也没有。再说了，老百姓也知道，玉帝身份尊贵，加上工作繁忙、日理万机，天上地下有多少事要管？这张三求个官职，李四盼个儿子，玉帝哪里会亲力亲为，所以还是直接求“送子娘娘、福、寿、禄”三星等更靠谱些。所以，现在民间所建的“玉皇殿”有的简陋不堪，香火也很是冷清。

前面说过，正统道教理论中，玉皇和西王母并非夫妻，但民间不管这一套，他们按世俗中的投影来安排，于是“西王母”就成了“王母娘娘”。由此又派生出以下的神仙：

▶《白描道君像》梁楷（南宋）上海博物馆藏

玉帝和王母娘娘的女儿：像七仙女等。这些故事大家熟知，不再赘述。玉帝的妹妹：相传叫瑶姬（这个名字有的也说成是玉帝的女儿），她和凡间一个姓杨的人结下私情，生下杨戬，就是二郎神。玉帝责怪其妹犯了天规，将其压在山下，二郎神长大后，劈山救出母亲。不过这个情节不知为什么又被编排成《宝莲灯》中沉香救母的故事，二郎神一下子由“原告”变“被告”，从受害人变成了面目狰狞的嘴脸。其间头绪，理不清，斩不断，所以这里暂且不提了。

二 | 三清四御

——神仙中的王者天团

▲《老子骑牛图》张路（明）台北故宫博物院藏

前面曾提过，道教中地位最高者就是“三清”，即玉清元始天尊、上清灵宝天尊（也称灵宝道君）、太清道德天尊（太上老君）。在《西游记》“斗法车迟国”一节中，猪八戒曾说过这几尊神的座次：“中间的是元始天尊，左边的是灵宝道君，右边的是太上老君。”

相传元始天尊住在三十三天最上层的大罗天上的玄都玉京，这里黄金铺地，全部由珠玉、珍宝建成，树上有七宝仙果，地上有狮子、麒麟来往游戏。李白诗“手把芙蓉朝玉京”就是指的这里。

元始天尊及灵宝天尊，虽是道教中级别最高的神，但并不参与日常“行政事物”，相当于现在有些公司中的“董事长”一职。

不过从道教“原理”上讲，“道生一，一生二，二生三，三生万物”，三清就是由此而来，道家思想，其实还是比较“唯物主义”的，他们认为有一个不为人的意志为转移的天道。天地万物是从很小的一个原始质点发展起来的（这很类似宇宙大爆发的理论），所谓元始天尊，无非是把原始的混沌状态进行人格化而已。

灵宝道君戏份很少，基本上是个陪衬。而太上老君的故事就比较多了，倒的霉也多。太上老君在影视剧中常对着玉帝磕头作揖还算罢了，寻常的方士有点鸡毛蒜皮的小事，都叫“太上老君急急如律令”，《西游记》中孙悟空跳出八卦炉后，将太上老君一捽，捽了个倒栽葱。但仔细想一下，火焰山只是八卦炉中掉下来的一块砖，都差点要了孙悟空的命，老君身边烧火的童儿变成的金角、银角大王，都和孙悟空斗个不相上下，那只青牛下界后更是把孙悟空手到擒来，你当太上老君真治不了孙猴子吗？分明是有意放水，暗中照顾他罢了。

“四御”或者称“四帝”，分别是：

一、玉皇大帝：前面说过，不再赘述。

二、北极紫微大帝

这位神仙是北极星的神格化。我们知道，中国人注重北方，皇帝都要面南背北而坐，这正是因为观察天上星星时，会看到其他星星都是在运动的，而且有些星星甚至随季节的变化有时出现，有时不出

▶《珊瑚魁星点斗盆景》（清）

现。但北斗星始终在固定的位置，满天星斗绕它而转（原因是北极星在地轴上方）。所以北斗在古人观念中是很崇高的，所谓仰之如泰山北斗，加以神化后，就成为了紫微大帝。

注意：北斗神（又称北斗真君、北斗星君）和紫微大帝不同，北斗神是其身旁一个侍从之神，但他往往主管具体工作，掌握人的禄位及寿命。也就是说阎王那里写有各人寿数的的生死簿不是他们创作的，是从北斗神这里领的，他们只是依次执行罢了。所谓“南斗注生，北斗注死”，《三国演义》中诸葛亮在五丈原禳星，就是求的北斗星：“吾素谙祈禳之法，但未知天意若何……我自于帐中祈禳北斗。若七日内主灯不灭，吾寿可增一纪；如灯灭，吾必死矣。”

另外，北斗七星中的前四颗星，方形如斗，故称斗魁。其中第一颗星叫魁星，是主宰人间功名禄位之神，中国很多地方都建有“魁星楼”或“魁星阁”，其正殿塑着魁星造像。又称为魁星爷，能保佑考生高中。

三、勾陈上宫天皇上帝

其实，勾陈同“钩陈”，也是天上的星座名，靠近北极星，由六颗星组成。这个“天帝”说是“协助玉皇大帝执掌南北两极和天、地、人三才，统御众星，并主持人间兵革之事”，但也没有多少故事，基本上属于“打酱油的”。

四、承天效法后土皇地祇

就是前面我们所说的“后土夫人”，执掌阴阳生育、万物之美。有点类似于古罗马神话中的“维纳斯”。

三 | 骊山老母

——不要美丽皮囊，只要有趣灵魂

▲《采芝仙图》（清）台北故宫博物院藏

骊山老母有时也写成“黎山老母”，是道教供奉的一位远古尊神。她是先天元始阴神所化，又称为“先天道姥天尊”“斗姥元君”，为北斗众星之母。她的地位是相当高的。不过她似乎不大喜欢统御天上的群仙，而是喜欢到人间来游戏，是一位非常可亲的女神。《西游记》中“四圣试禅心”一回中，也是骊山老母牵头，让几位菩萨一起来戏弄一番猪八戒。

相传骊山老母非常漂亮，是一位风姿绰约的美女。但有次秦始皇看到了她，口出轻薄之语，于是被她唾了一脸唾沫，自此长开了“红斑狼疮”。是不是难以确认，反正是长了一脸烂疮，怎么也治不好了。秦始皇只好焚香请罪，骊山老母在骊山变化出一处温泉，秦始皇用此水洗脸，才得痊愈。但骊山老母一气之下，竟不再以美女的面貌示人，人们再见到她时，都是老太太的相貌了。所以就有了“老母”这样的称谓。

相传后来骊山老母又教给唐代书生李筌《阴符经》的秘奥。在民间曲艺中，女将军樊梨花、《白蛇传》中的白娘子，都得到过骊山老母的指点。义和团的成员们降大神，也有“骊山老母”的份儿，可见骊山老母在人们心中是非常平易近人的。

四 | 九天玄女

——行走的百宝箱

▶《山东临沂汉代壁画中的蚩尤》(汉代)

九天玄女又称为九天圣母，是西王母的徒弟。相传她是上古玄鸟变化而成，形象是人头鸟身，她的特长在于军事方面。只要有打仗的事情，她就不时参与。

早在黄帝大战蚩尤时，她就曾下界向黄帝传授“三宫五意阴阳之略，太一遁甲六壬步斗之术，阴符之机，灵宝五符五胜之文”。九天玄女还捐赠了黄帝很多“顶级装备”——夔牛皮巨鼓八十面，还有图策，印剑等宝物。

可不要小看了这面夔牛皮巨鼓，黄帝摆下“奇门遁甲”阵后，把蚩尤引进来，让军兵用雷兽的骨头当鼓槌，没命地猛击夔牛皮巨鼓。一击震彻五百里，连击震三千八百里（声震大半个中国），整个战场地动山摇，天旋地转。蚩尤本来战斗力极高，一身铜兵铁骨，牙硬得能啃石头，但是在九天玄女帮黄帝“作弊”的情况下，只能接受惨败的结局，最终被黄帝杀死了。后来黄帝把蚩尤剁成了好几块，生怕他复活，可见他对蚩尤是何等害怕。

又有传说讲薛仁贵东征高丽时，九天玄女授之白虎鞭、水火袍、震天弓、穿云箭、无字天书等宝物，从而神勇无比，才有了东征大捷。《水浒传》中宋江逃到九天玄女庙里，还得到她亲授的三卷天书。但这里描写的九天玄女，早不是人头鸟身的形貌了，而是：“脸如莲萼，天然眉目映云环。唇似樱桃，自在规模端雪体。犹如王母宴蟠桃，却似嫦娥居月殿。正大仙容描不就，威严形象画难成。”其实这也不奇怪，九天玄女修炼了这么长的时间，当然是越炼越好看，越练越难看，那是练九阴白骨爪。

五 | 四大天王

——说来说去，我们竟是“盗版”

▲《东方持国天王像轴》姚文瀚（清）台北故宫博物院藏

四大天王这个“角色”是从佛教的护法天神形象中“盗版”来的。我们到庙里时，常见到有四个彪形大汉模样的人像，面相狰狞手持武器，被称为“四大金刚”的，其实就是四大天王的形象。

四大天王虽然大家逛道观、寺庙时经常看到，但他们的角色只是警卫、保安的身份，所以香火不旺，人们也很少记清他们的名号（四大天王是谁？不准答：刘德华、张学友、黎明和郭富城），所以还是有必要介绍一下的。

一、东方持国天王

“持国”意为保佑众生，护持国土。这个天王身穿白袍，外罩甲胄，手持琵琶。以后看到拿琵琶的就是“持国天王”，就不会认错了。我们看电视剧《西游记》或动画片《大闹天宫》，这个天王曾用琵琶琴音一度扰得孙悟空头晕脑涨，丧失战斗力，有如神奇的“次声波”武器。

二、南方增长天王

这个天王身穿青袍，也是全副武装，一身盔铠甲胄，手里握着一柄长长的宝剑。《西游记》中写他负责把守南天门，孙悟空初次到南天门时，被他率领庞（煜）、刘（俊）、苟（雷吉）、毕（宗远）、邓

▲《南方增长天王像图》姚文瀚（清）台北故宫博物院藏

（伯温）、辛（汉臣）、张（元伯）、陶（元信）这八名天将拦住。看来南天门是最重要的地方，负责安保的人手实在不少。估计增长天王的战斗力也是四大天王中最高的。

▲《西方广目天王像图》姚文瀚（清）台北故宫博物院藏

三、西方广目天王

“广目天王”，顾名思义，他的视力是非常好的，在天上不亚于一颗高分辨率的卫星。但一般的小事有“千里眼”这个小神仙负责。这个天王身穿红袍，同样全身穿甲胄，据说他是群龙的领袖，手里缠着一条赤龙。据《西游记》第十六回中所说，他还拥有一件叫“辟火罩”的宝贝，只要将此物罩住目标物，再大的火势也烧不着，可能连激光制导的炸弹也能防住，比铁穹之类的反导系统要强得多。

四、北方多闻天王

“多闻天王”身穿绿袍，右手持一宝伞（又称宝幡，可以吸纳诸方宝贝），左手握一神鼠（银鼠）。《西游记》中，我们见过他把宝伞抛在空中，一下子把孙悟空吸了进去，收在伞中，不过被孙悟空将伞戳了个窟窿逃了出去。

“多闻天王”又名“施财天王”“财宝天王”。他能保佑人们发财，有的地方把他的身体塑成金黄色的，佩戴着各种珍宝璎珞，左手捧着的神鼠也口吐各种奇珍异宝。喜欢发财的朋友，不要忘了多给北方“多闻天王”上几炷香。

《封神演义》中把“四大天王”的形象演绎为“魔礼青”“魔礼红”“魔礼寿”“魔礼海”四兄弟。

其中魔礼海手拿琵琶，上有地水火风四字，拨动琵琶，火能烧千里，风中有千万矛戈，复制了持国天王的形象；魔礼青拿青龙剑，因袭了增长天王的形象；魔礼寿拿金龙花狐貂，放出后大如白象，能吃人，套用了广目天王形象；魔礼红拿混元珍珠伞，上面用珍珠绣了“装载乾坤”四字，撑开后乾坤晃动，日月无光，来源于多闻天王的形象。

▲《北方多闻天王像图》姚文瀚（清）
台北故宫博物院藏

六 | 四大天师

—— 一步登天的凡人精英

▶《葛洪移居图》丁云鹏（明） 台北故宫博物院藏

四大天王虽然凶猛威严，但在天宫里是门岗这样的角色，最多算是保卫科长。而四大天师，听起来就好像是知识精英阶层，专门研究学问的。四大天师全部来自民间凡人，他们因对道教特别有贡献，所以成为了天师。他们是：

一、张天师

张天师名为张道陵，是道教（五斗米道）的创立者。相传太上老君授给他雌雄剑和符箓，当时四川有鬼帅领鬼兵共亿万为害人间，张道陵施展法术将鬼兵杀得干干净净，降伏了六大魔王，从此在青城山传道，功成后上天成为张天师。后来张天师的子孙世代相承，和孔家一样延续不绝，辈辈被尊为天师。

二、葛天师

葛天师名为葛洪，又名葛仙翁，是东晋时道教的一位重要人物，著有《神仙传》《抱朴子》《肘后备急方》《西京杂记》等。人们相传，他升天后，就成为葛天师。

▶《天师图》陈槐（明）台北故宫博物院藏

三、许天师

名为许逊，字敬之，号旌阳，所以《西游记》中称他为许旌阳。相传他做过不少斩妖除魔，救民生于水火的大好事。所以在许旌阳一百三十六岁的时候，他带着家里四十二口人，连同家禽家畜，包括他住的房子，一同上天了。不仅仅是鸡犬升天，而是所谓的“拔宅飞升”。

许天师在《西游记》只有几句台词，但形象也不光彩，就是他向玉帝汇报说孙悟空整天没有工作做，恐怕会闲极生事，结果玉帝将孙悟空派到了蟠桃园，这倒真生出事来了。

四、邱天师（一说为萨天师）

至于邱天师，《西游记》中说他叫邱弘济，道教史上著名的姓丘的人物只有丘处机一人，但丘处机的尊号并没有“弘济”这样的称谓，不过他的弟子李志常曾被封为“真常妙应显文弘济大真人”，所以这邱天师十有八九就是依据丘处机的形象而来的。

而萨天师相传为宋代著名道士萨守坚，号全阳子。是林灵素的徒弟，林灵素是个大骗子，骗得宋徽宗信任后作威作福，曾被老百姓痛打，所以我不主张将他算作天师。

七 ｜ 托塔天王

——我不仅是哪吒的爹

◀《仿宋人天王像》徐扬（清）台北故宫博物院藏

托塔天王李靖也是个“中西合璧”的形象，大家都知道李靖是唐太宗时著名的大将，精通兵法，曾以三千精骑大破东突厥，消灭了唐朝的心腹大患，创下了军事史上著名的战例。但李天王的形象是来自佛教中的毗沙门天王（四大天王中的多闻天王），金吒、木吒、哪吒这三个儿子也是来源于佛教的传说（要不怎么这三个名字都怪怪的，不像中国人）。

托塔天王李靖在天宫里是掌管天兵天将的大元帅，手握兵权。不过他似乎和佛家关系相当密切，不但手中拿着佛教的象征物宝塔，而且大儿子金吒在如来佛手下工作，二儿子木吒为观音菩萨服务，三儿子哪吒虽然出身于道门（师父是太乙真人），但他的形象中也有不少佛家的成分，比如“三头六臂”的形象，明显就是取材于佛教中“多头、多目、多臂”这样的原型。实际上，最早的佛教传说中，哪吒本是毗沙门天王的三太子，是一位三头八臂的大力鬼王，被中国传统文化改造后，少了“两臂”，成了三头六臂的形象。

仔细想想，玉帝对于托塔李天王这个“政治背景”复杂的人物不但没有猜疑，反而委以重任，将天宫卫戍部队的指挥权很放心地交给他，实在是有些失策。而托塔李天王带十万天兵竟然打不过一个孙猴子，也难免有消极怠工，甚至故意示弱麻痹玉帝的嫌疑，这些“奥秘”，请喜欢扒宫庭阴谋的朋友继续深入研究。

八 | 太白金星

——明代之前我是女神

▲《五星二十八宿神形图》（太白星）仇英（明）大都会艺术博物馆藏

太白金星的形象，大家受《西游记》的影响，认定他是一个慈眉善目的白胡子老头儿。还有名有姓，叫李长庚。他是金星的化身。因为金星有时在天亮之前在东方出现，又有时在日落之后在西方出现，远古时的人天文知识有限，误以为是两颗不同的星，于是把前者叫作启明星，后者叫作长庚星，像《诗经·小雅·大东》中就说："东有启明，西有长庚。"不过，到了汉代，人们就知道这其实是一颗星了。

太白金星的形象其实还经历了一次"变性"的过程。**最初的太白金星神是位穿着黄色裙子，戴着鸡冠，演奏琵琶的女神，然而到了明代后，他的形象不知为何就演变成一位白胡子老头儿了。**

而且，古时候"太白"是带着刀兵杀气的。占星家一般都说："太白犯五星，有大兵，犯列宿，有小兵。"反正星空中太白金星一动弹，就会有干戈烽烟。但在《西游记》中太白金星是一位不折不扣的主和派，奉行怀柔政策。玉帝要采取"特别军事行动"来对付孙悟空时，他总是要求先进行"和平谈判"，主张"和平未到绝望时期，绝不放弃和平"。这未免让人有些奇怪，不过想通了，也并不是不可能的事，当年日本棋手加藤正夫棋力凶悍，有"刽子手""天煞星"之名，不是后来也变为棋风淳厚的"半目加藤"了吗？

太白金星道行越来越深之后，可能就不屑于打打杀杀了，正如江湖大佬们后来都悟出来："江湖不是打打杀杀，江湖是人情世故！"

九 | 福、寿、禄三星

——除了财神，我们就是最亮的仔

▲《三星图颂》佚名（清）台北故宫博物院藏

这三位是“人见人爱，花见花开”的好神仙，按《西游记》中的说法，他们是住在蓬莱岛上，所以又称“蓬莱三仙”或“海上三星”。他们的地位并不崇高，猪八戒见了他们胡乱开玩笑，说他们是“奴才”（因为旧时富家的仆人往往叫添福、添禄、添寿什么的）。

福禄寿三星，看来都是兼职的。福神同时又是天官大帝，是三官大帝中的一位（三官有天官、地官、人官），与此类似的是财神赵公明，是四大元帅之一，同时也是三十六天将之一。福这个概念其实也涵盖了多财多寿等吉利的事情，而且范围更广，谁不喜欢福星高照呢？

寿星则是南极仙翁，相传“北斗注死，南斗注生”，《三国演义》中写通晓天机的管辂遇到一位拥有盛世美颜的少年郎，他叫赵颜，但是管辂掐指一算，这个玉树临风的美男子竟然命当夭折。于是他指点赵颜备净酒一瓶，鹿脯一块，到南山之中，大树之下，寻到两个弈棋的仙人。趁他们全神贯注盯在棋盘上时，就把美酒和鹿肉献给他们吃。这两个仙人正是北斗和南斗，他们吃了赵颜的酒肉，于是提笔改了生死簿，给赵颜添了九十年寿数。书中写北斗神，穿白袍，其貌甚恶；南斗神，穿红袍，其貌甚美。但演化到今天，寿星佬的模样是个大秃脑门，虽然和蔼可亲，但谈不上“美”这个字，可见也是被“世俗化”了。

另外，麻姑被尊为女寿星。因为相传麻姑曾经见过“东海三次变为桑田”，如果追踪到劳亚古陆那样的时期，她的年龄恐怕要用地质历史上的数字来统计，所以她也是长寿的化身。如果有老太太过寿，画一幅麻姑仙桃图，是十分恰当的。

关于禄星，被认为是北斗七星君中的第四位文曲星君兼任的。因为无论古今，想进政府机关领俸禄，都是要经过考试的。文曲星君掌握了考试，也就掌握了俸禄。不过禄星的权限只是升职发薪水，求他还不如求主管老板更直截了当，相比于福、寿这两样，他的吸引力就差了些，我们求“财神”，不干活就有钱，不更好？所以在实际中，禄星受到的追捧不如前者。

十多年前，有本叫《杜拉拉升职记》的书很火爆，杜拉拉简直成了职场女神的化身，我

▲《麻姑献寿图》黄山寿（清）

建议过上几百年后，就供奉她为“女禄星”。

这里顺便说一下财神：当财神应该是个肥差，所以天神中争当财神的也不少，除赵公明和关老爷都被当作武财神外，比干和范蠡都被

▶《骑虎财神像》徐悲鸿 故宫博物院藏

当作文财神。范蠡别号“陶朱公”，积家资巨万，是有名的商界之神，和财神最为相符。但比干连心都被纣王掏了，实在和财神一点联系不上。所以我建议，供财神最好供范蠡。

不过现在一般商家所供的财神多为赵公明和关老爷。大概是见二位威风凛凛，不但能招财进宝，还能有镇宅驱邪的“额外收益”。2010 年版的《财神到》电影中，财神总管手下男男女女一大帮财神，不过北京的车很是凶猛，愣是把财神总管都撞傻了，看来在北京，只靠钱多是不管用的。

至于招财猫，那就是个吉祥物罢了，算不上财神。

十 | 二十八宿

——仙界的“动物世界”

▲《五星二十八宿神形图》仇英（明）大都会艺术博物馆藏

二十八宿是经常和托塔天王李天王一起出征的天将，古人把天空中可见的星座分成二十八组，叫作二十八宿。后来加以神化，变成如下的说法：

东方称青龙：有角木蛟 亢金龙 氐土貉 房日兔 心月狐 尾火虎 箕水豹；

南方称朱雀：有井木犴 鬼金羊 柳土獐 星日马 张月鹿 翼火蛇 轸水蚓；

西方称白虎：有奎木狼 娄金狗 胃土雉 昴日鸡 毕月乌 觜火猴 参水猿；

北方称玄武：有斗木獬 牛金牛 女土蝠 虚日鼠 危月燕 室火猪 壁水貐。

二十八宿是个“动物世界”，全是动物的化身，不但囊括了十二生肖，更多出了十六种动物。其中，奎木狼的形象大家比较熟悉，西天路上那个黄袍怪就是由他变化而来的。他和披香殿侍香的玉女相好，于是相约私奔下界，玉女变为宝象国公主，他化为妖怪将其抢去，后来又想害唐僧。他犯下如此重罪，玉帝居然只判他劳教，为太上老君烧火，还是“带俸差操”一样有俸禄可拿。

降伏蝎子精时，观音菩萨讲，这个妖怪连如来佛的手都蜇了一下，别的神仙制不住，让悟空找昴日星官，其实就是昴日鸡。他去了后，显出鸡的模样，只叫了两声，蝎子精立刻就死了。看来真是一物降一物。亢金龙在《西游记》中也有不少戏份，在小雷音寺中，孙悟空被金铙闷在里面出不来，多亏了亢金龙将头上的角用力刺进金铙的缝里，才救得孙悟空出来。

另外，在《镜花缘》中，心月狐受命下凡，化身女皇武则天夺唐氏江山。在人们心中，“心月狐”是一个娇媚的女狐狸形象，长着《阿凡达》中纳美人一样的耳朵。另外，女土蝠也是女性形象，《说岳全传》中说女土蝠被如来座前的金翅大鹏啄死，后来大鹏变成岳飞，女土蝠则变成王氏嫁给秦桧后陷害岳飞，用以复仇。

十一 | 雷公

——你猜我是正主还是小弟

▲《风神雷神图屏风》（雷神）

雷公是司雷之神，一般庙中所塑的雷公形象健壮如大力士，裸胸袒腹，背上像丘比特一样生有一对翅膀，额上有三只眼，一张脸作赤红色，有点像猴。所以《西游记》中不少老百姓见了孙悟空就喊“雷公爷爷”，孙悟空总是大怒，说：“雷公是我孙儿呢！”由此反映出雷公在天宫的地位也不高。雷公的手脚像是鹰爪一样，左手拿着一个楔子，右手拿着铁锤，甚是威猛。

不过雷公应该并非一位，说来也是，全国同时打雷的地方有很多，一位雷公哪里忙得过来？他们体现的水平也参差不齐。《集异记》中曾说，唐代有个叫徐智通的医生，无意间听到两个雷公变为凡人悄悄说话，要于第二天在龙兴寺前斗法。第一个雷公说：“我把寺前一百棵大槐树都劈碎，而且每根碎木都长短粗细一模一样，和木筷相同。”另一个雷公则说：“我把赶庙会的三万人的头发劈散，每缕有七个发结。”

徐智通听了惊恐不已，偷偷告诉几个好友，第二天正午，果然由晴空万里变为乌云压顶——“须臾昏黑，咫尺莫辨”。随着霹雳两声，震得人畜全部卧倒。人们定神一看，见寺前槐林果然全被劈成“一次性筷子”，而寺前这几万人众，无论男女老少，个个免费被烫成了“大波浪”发式。

但是传说中也有很多业务不过关，技术很差的雷公。《神仙感遇传》中说雷公有一次不小心飞行中被劈开的树夹住了，动弹不得，幸好有个叫叶迁韶的人救了他出来，雷公因此教给了叶呼风唤雨的方法。《太平广记》中也有狄仁杰救出一个被树夹住的雷公的故事，《子不语》还说，有个雷公因落在树上动弹不得，被人连雷公锤都偷走了。

《搜神记》中还说，晋代一个叫杨道和的老农正在耕田，突然惊雷大作，雷公飞过来想劈他。结果杨道和自觉一生忠厚，没做什么坏事，心想那么多伤天害理的恶人不劈，为什么要对付我这样一个老实人？真是“麻绳专挑细处断，厄运只找苦命人！”杨道和心中冤枉，他恼将起来，也不顾性命，居然抡着锄头和雷公互殴起来。战不多久，雷神竟被杨道和一锄头劈断了胳膊，惨叫一声倒在地上。只见这雷公遍体红色，眼睛像镜子一样闪闪发光，头上长着角，脸很像猴子。

另外，还有唐传奇中的陈鸾凤大战雷公，并砍断雷公腿的故事，不再详细复述。可见雷公的本事也不怎么高超，且不说仙凡有别，单说雷公掌握了“制空权”的优势，好像直升机或无人机打步兵，居然还惨败，实在说不过去。我怀疑这些“见习雷公”难说是天宫中的正式“编制”，极有可能是真正的雷公偷懒，临时找了这样一批功夫半高不低的精怪当临时工。这些人“法律意识”淡薄，也没有高强的本领，所以出了事后，像杨道和、陈鸾凤这些凡人竟然也没有遭到“天谴”，可见这些“雷公”本身就没有正规的执法资格。

十二 | 龙王

——总有刁民要害朕

▲《龙宫水府图》朱玉（元）

龙王统率世间的水族，并掌管兴云降雨。龙王在江河湖海里均有分布，不只是海中有，《西游记》中曾写过泾河老龙因擅改玉帝降水的旨意被魏徵梦中杀死，甚至连乌鸡国中的一口井里也有龙王，当然井龙王势力很小，远比不上海龙王，所以古时候认为最厉害的龙王还是这四位：东海敖广、西海敖钦、南海敖润、北海敖顺。

龙王生有大批龙子、龙孙、龙女之类。在中国古代，按说“龙”的地位是相当尊崇的，皇帝就自命为“真龙天子”。但在神话故事中，龙的形象是经常挨揍的角色，孙悟空有了神通，先一个筋斗到东海里找龙王收“保护费”；哪吒居然把龙王的儿子打死后抽筋剥皮，就连八仙这些凡人修成的小角色，过海时也大闹龙宫。

看来龙王也是一肚子委屈无处诉啊，有道是“叫花子绝不和龙王斗宝”，都知道龙王宝贝多，可也架不住你也要，他也要啊！看来这当龙王也有难处。

十三 | 四值功曹和六丁六甲

——天庭也有打工人

▲《康熙城隍水陆画》佚名（清）甘肃民乐县博物馆藏

四值功曹职位微末，是天神中的值班人员，分为值年、值月、值日、值时这四类。四位小神各有名号：值年神李丙、值月神黄承乙、值日神周登、值时神刘洪。

功曹本是人间官吏的名称，主要的工作是考察记录功劳，掌管功劳簿。唐代诗人如杜甫等都做过这一官职。神话传说，人间的诸多信息都要由他们传达到天庭。

六丁六甲地位和四值功曹相当，六丁是指丁卯神司马卿、丁巳神崔巨卿 、丁未神石叔通、丁酉神臧文公、丁亥神张文通、丁丑神赵子玉。六甲则是甲子神王文卿 、甲戌神展子江、甲申神扈文长、甲午神卫玉卿、甲辰神孟非卿、甲寅神明文章。他们都是护法神将，可以应急处理一些小事务，比如祛邪捉鬼之类的。古时道士们做法，也是动不动就问“六丁六甲、值日功曹何在？”《西游记》中写唐僧被妖怪变为老虎时，殿前兵将抡刀枪乱砍，正是由于四值功曹和六丁六甲们暗中护佑，才让唐僧没伤着分毫（当然，这里面还有佛家护法力士五方揭谛和护教伽蓝的功劳）。

别看他们官职小，香火少，但他们的辛苦奉献一点也不少。让我们向这些在普通岗位上勤勤恳恳、踏踏实实、默默无闻的小神小仙致敬！

十四 | 城隍和土地

——县官不如现管

▲《朝元仙仗图》武宗元（北宋）私人藏

城隍，又称城隍爷。他是冥界派来的地方官，主管考察当地人的善恶，并记录在案。城隍庙似乎是阴界设置的派出所。庙里一般正殿塑着威严的城隍大神，两旁分列八大将、判官、牛头、马面、黑白无常、钟鼓神，后殿则有十殿阎王、各种地狱受苦鬼魂等塑像，专门吓唬像祥林嫂那样的人。不过这毕竟在旧时能起到一定的教化和威慑作用。

城隍庙里常有这样的对联："作事奸邪任尔焚香无益，居心正直见吾不拜何妨""善恶到头终有报，是非结底自分明""善行到此心无愧，恶过吾门胆自寒"。

说得很好：你老是干坏事，再烧香也没用，如果你是一有德之人，不拜我也没关系——很有神灵的涵养。现在好多庙里一进就让捐钱，买香，买高香，仿佛钱越多越灵，宣称"为了你们家人的平安"，起码烧个三百块钱的"高香"吧？听起来神佛不像慈悲为怀、度人济世，倒像是绑票的。

现在的人们都和《红楼梦》中的凤姐一样，不信什么阴司地狱报应的，所以城隍庙的香火很差，这当然也和城隍爷不懂"市场经济"有关，你摆明了叫嚷"作事奸邪任尔焚香无益"，人家谁来烧钱啊？所以现在好多地方的城隍庙，都改小吃街或者杂货市场了。

土地爷，又称土地公公，土地公公的形象，是一位白须、白发、笑容可掬、富态吉祥的老人，只是身材非常矮小。土地爷地位不高，他的庙一般也非常简陋。阿Q住的土谷祠，就是土地庙。现在乡村中有人供奉土地爷，只有四片石片，一片作顶，三片作墙，也可作为土地庙。

土地爷大概就是世俗的神仙形象，其他的神很少有"夫人"陪同的，但土地庙里常塑有“土地奶奶”。而且有的“土地奶奶”的形象并非老太婆，而是艳美无比的青春少妇形象。

《阅微草堂笔记》中写有个默庵先生在某地当官，他的小儿子年轻气盛，看到当地有土地庙和马王爷的庙两处，但见白胡子老头土地爷身边塑着一位年轻貌美的女子当夫人，血气方刚的马王爷却是孤身一人。少不更事的他就打抱不平，心想：“土地爷一个老家伙，‘一树梨花压海棠’，太委屈其夫人了，不如让给马王爷。”于是，他就命人把土地夫人的像移到马王爷庙里去了。土地爷戴了绿帽，当了武大郎，岂能罢休，马上就施法报复。这个公子走着走着就突然摔倒后昏迷不醒，其父听说了此事，赶忙派人把土地夫人的像又搬回原处，然后焚香谢罪一番，公子的病才好了。看来土地爷虽小，也是不好惹的。

本来还有十殿冥王、日游神、夜游神、黑白无常等，但这些人物十分瘆人，一个也招惹不起，所以这里“敬而远之”，不提及了。

写在最后的话

写完我这部书稿时，正是初夏时分。眼前恰是“微雨过，小荷翻，榴花开欲燃”的图景。夏日长长，炎炎的烈日下，匆忙奔走之人不免汗下如雨，心烦意躁。而似我这等无欲无求之辈，寻得一片苒苒绿荫，新浴散发之际，最宜谈《齐谐》《山海》，读志怪神仙。遥想前人“春花秋月入诗篇，白日清宵是散仙。空卷珠帘不曾下，长移一榻对山眠”之情致。

神仙之事，缥缈难言。如同九重天上的青云，可望而不可即，又似万丈古井深处的月影，难捞更难得。千年之前，唐代大诗人张说就曾泛舟在横无际涯的洞庭湖上，望着烟波浩渺的湖面，发出“闻道神仙不可接，心随湖水共悠悠”的浩叹。

“白发终难变，黄金不可成”，无论拥有多么尊贵的身份，多么炫目的财富，多么惊艳的容颜，都无法抵御岁月尘埃的一遍遍覆盖，无法拒绝风霜利刃的一次次雕刻。无可奈何，时间流去，逝者如川，不舍昼夜。正所谓：“黄河走东溟，白日落西海。逝川与流光，飘忽不相待。春容舍我去，秋发已衰改……”

我的书案上，有一块从太行山上捡回来的小石块。它既没有圆润

▶《仙岩寿鹿图》佚名（宋）台北故宫博物院藏

光洁的表面，也没有奇特怪异的造型，像是一块凝固了的泥巴。没错，12 亿年前，太行山是一片海滨，它就是沙滩上的一块泥巴。那时候，一样有海风，有波浪，有阳光。如今，这一切痕迹依然保存在石块上，而时光已过去了 12 亿年。它从泥块变成石块，而昔日的沧海，如今已是我脚下的桑田。

从来系日乏长绳，水去云回恨不胜。

欲就麻姑买沧海，一杯春露冷如冰。

我们是如此渺弱，又怎么会有能力买得下那汇聚百川的沧海？我们如同一只只翅膀单薄的蝴蝶，终其一生，也飞不过这无涯的沧海。“南风吹山作平地，帝遣天吴移海水”，当沧海已化为麻姑手中的一杯春露，蝴蝶的踪影又在哪里？

“山河大地本是微尘，何况是尘中的尘”，我们就如同浮在空气中的尘埃，不知道会在哪个时候，被哪阵风吹向哪个角落。明了这一切，不免有无尽的失落和惆怅。然而，这同样也会使我们不再偏执于一些鸡虫得失的小事，解开纠缠在心里打不开的死结。让那些烦恼，像露水一样在明天的太阳下蒸发飘散吧。

草木不可以没有阳光，人生不可以没有梦想。这本书中的神仙故事，寄托了我们心中的梦想和渴望。就让这些故事，给我们带来一次人生逆旅中的沉酣快意。

最后，录诗仙李太白《有所思》一诗作结：

我思仙人乃在碧海之东隅。

海寒多天风，白波连天倒蓬壶。

长鲸喷涌不可涉，抚心茫茫泪如珠。

西来青鸟东飞去，愿寄一书谢麻姑。

石继航